少年總鋪師 2

台灣炒飯王

鄭宗弦——著
吳嘉鴻——圖

炒飯可不只是雜菜飯（自序）

《第一百面金牌》出版之後，獲得讀友熱烈迴響，很多人像是吃了一道好料理，意猶未盡，直嚷嚷：「還有沒有？還有沒有？」尤其大家對主角阿弘非常關心，期待他再次出場，親自上菜。於是，我花了很多時間研究料理，寫出這本續集《台灣炒飯王》。

許多人看到《第一百面金牌》的做菜場面直覺反應便問：「你是不是很會做菜？」我必須承認，對於做菜這回事，我的確很有興趣，但是興趣歸興趣，也常常「發揮創意」亂煮，煮出難以下嚥的東西。

我對做菜的興致得自家中「辦桌」的歡樂氣氛。每年，我們嘉義縣新港鄉會在農曆三月二十三日媽祖生日那一天請客吃拜拜。阿公的生意做得很大，大家庭的親友又多，所以我們每次都要開個二十桌以上。

幾天前，爸爸和阿公會和總鋪師阿星仔討論菜單，準備「庖頭料」。媽祖生日當天，戶外的大爐灶便開始轟轟作響，十幾個女工在阿星仔的指揮之下井然有序的忙著，油鍋裡的油煙和蒸籠冒出的白霧將空氣染成令人期待的香味。十幾張大紅圓桌擺起來的時候，我會興奮得在桌子間跑來跳去，像是穿梭林間的小鳥，快樂得不得了。那是我讀小學的時候。

雖然我喜歡做菜，但畢竟沒有走上廚師這條路，於是我把這分興趣轉嫁到阿弘身上，請他幫我實現對料裡的諸多奇思妙想。

在《第一百面金牌》裡，阿弘幫「辦桌總鋪師」的爸爸贏得第一百面金牌，不過阿弘只是幫忙雕刻盤飾，創新菜名，還不會煮菜。而在續集裡，阿弘開始從基本的炒飯學起，正式邁入博大精深的料理天地。

「炒飯」是中華料理中最家常的一道。平常人家將剩菜剩飯回鍋混合，隨各人喜好，沒有特定的材料，看起來很簡單，就是雜菜飯。但是「炒飯」要做得好吃，翻炒功夫是要訣，炒得好，飯粒顆顆分明，香氣四溢。如何將那沉重的鐵鍋拋甩自如，讓飯菜在火氣中井然有序的飛舞，就不是三兩天可以練成的。又因為炒飯的材料不受限，正好考驗廚師的創意和經驗，所以對初出茅廬的阿弘來說，並不是簡單的任務。

在這本書中，阿弘被迫學炒飯，還被爸爸設計，參加了「台灣炒飯王」的比賽。一開始他很不開心，但漸漸的他體會到比賽的意義，還有幫助別人的使命感，他開始努力學習，要憑著毅力向大家證明他不是「草莓族」的一員。

寫作時，為了尋求靈感，我每天都到附近的小館吃炒飯，肉絲蛋炒飯、牛肉炒飯、蝦仁蛋炒飯、廣東炒飯、揚州炒飯等，我都仔細研究，再三品味。但是，比賽用的炒飯可不是雜菜飯這麼「簡單」，它必須「很夠味」，「很奇特」，或是「很有意義」，才能脫穎而出。

至於阿弘如何發揮創意整辦這些料理？他如何在強敵環伺的競賽中生存？最後有沒有登上「台灣炒飯王」的寶座？關心阿弘的朋友們，就請您翻開書本，與他一同經歷一連串的奮鬥與驚喜吧！

鄭宗弦

目錄

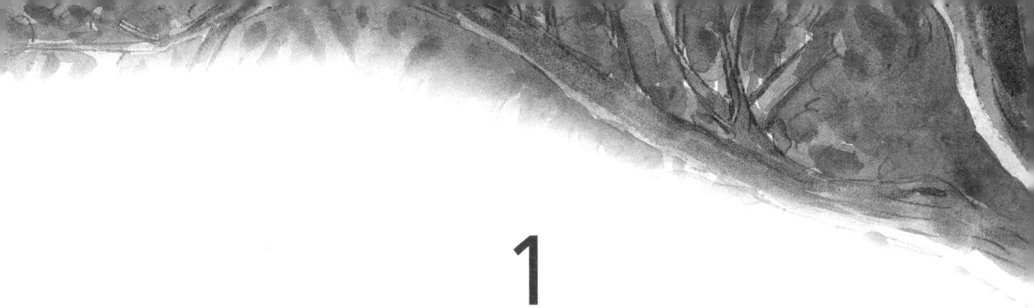

1 小小總鋪師挑戰大胃王

又是一個豔陽高照的禮拜天，潔白的珊瑚礁岩反射金光，映得濃密的樹林翠綠無比，高雄柴山慵懶的斜倚在西子灣沙灘旁，宛如穿著鮮綠泳裝的美女，忘情的享受著日光浴。海天一色，蔚藍無瑕，襯托出美女雍容高雅的神祕感。

正是下午時分，土雞城的師傅們忙完中午的料理，紛紛躲進冷氣房小憩，只有洗碗的歐巴桑們依舊揮汗如雨，和狼藉的杯盤奮戰不已。浪濤啪啪作響，伴著清脆的杯盤碰撞聲，成了一段充滿活力的奇妙旋律。但仔細聆聽，這首曲子裡混雜了突兀的鍋鏟敲擊，乒乒乓乓，忙得不可開交。會是哪一家生意如此鼎盛，到了三點半了還有來客嗎？

循著聲音，穿過綠籬笆咬著的小徑，來到的並非土雞城餐廳，而是一間普通民家。三合院大埕上一片淨空，但煙囪裡騰出濃濃白煙，似乎有人正在澎湃的整辦酒席。

不錯！這兒正是魏錦添先生的家。人稱金牌總鋪師的阿添師，是南部料理界天王級的人物，不久前才得到高雄市長拚桌比賽的十兩大金牌，為自己贏得職業生涯中的第一百面金牌。他威名震天，無人不知，無人不曉，真可謂「轟動武林，驚動萬教」。

只不過，這會兒在廚房裡舞鍋弄鏟的不是阿添師，而是協助他雕花盤飾又創新菜名，因而贏得那面十兩大金牌的大功臣——他那剛升上國中二年級的兒子，魏子弘。

一大早，阿弘的爸爸和媽媽就開著小貨車，出門辦桌去了。那是對面旗津的大宏電器行嫁女兒，歸寧喜宴，吩咐了價位六千元的二十桌，排場不算大也不算小。

往常這種假日裡的喜宴，是阿弘最期待的，他跟著去幫忙洗菜、切菜、端盤子、送菜，活潑自在的伸展筋骨，好過在家裡蹲苦窯啃書本。看爸爸一邊指揮全場，一邊料理美食，忙亂中鎮定的調度人員與掌控時間，繁瑣中維持料理的色香味和美感，一會兒是調兵遣將的大元帥，一會兒又像低頭繡花的小姑娘，真是有趣極了。

而自從阿弘幫爸爸贏得第一百面金牌之後，爸爸實現對太師父和他的承諾，開始教他做菜，於是，他跟去參與辦桌的興致更濃了。爸爸會將炸鍋交代他看管，會教他調配滷包原料的比例，偶爾他學著如何組合拼盤，有時候，他練習新的雕花果飾。看著一道道美味的料理從自己的手中完成，那種成就感真是無法用言語形容。

然而，今天阿弘跟爸爸告了假。一個禮拜前，他就得知今天的喜宴規模，盤算一下，不差他一個童工，於是他可以趁機兌現他對老師和同學們的約定。

這就要提到那個古靈精怪的鄰居林友智，就是林友智到處宣揚阿弘幫爸爸贏得金牌的事蹟，還說了爸爸將十兩金牌送給他，當作他的第一面金牌的事。老師和同學都嘖嘖稱奇，討著要看金牌的真面目，還嚷著想吃阿弘做的菜。這麼光彩的事，阿弘哪有拒絕的道理？

爸爸最是好客，聽到這理由，不僅爽快答應，還問了菜單，主動在辦桌的「庖頭料」裡加訂阿弘要的材料。他又叫媽媽去銀行，從金庫裡領出大金牌。

約定的時間是六點，阿弘太興奮，三點就開始著手了。來客共有四人，除了林友智、美國籍的英文老師葛模理老師、常教他理化的姜曉萱，還有大胃王王大衛。加上自己共有五人，按照一般比例原則，五菜一湯便綽綽有餘，但考慮到大胃王王大衛的超級食量，阿弘設計了八菜一湯。

王大衛的會吃可是校內出名，一百六十幾的身高有九十五公斤，肥頭大耳，三下巴，又寬又厚的胸腹中塞滿脂肪，壓一下，靈活彈動，好比那美國進口的席夢思彈簧床。只要是食物，他絕對通吃，有人私下叫他「神豬」，他也不生氣，整天憨憨的笑著，彌勒佛似的。

他是阿弘特地請來的，因為有他在，看他大快朵頤的模樣，任誰也不會說菜不好吃。

八菜一湯大多是從爸爸那兒學來的，有粉蒸肉片、鳳梨蝦球、東坡肉、糖醋排骨、豆酥鱈魚、炸銀魚、三杯中卷和佛跳牆。怕王大衛吃不飽，每道菜都做了八人份。另一道是他自創的青椒玉筍炒肉絲，青椒脆，玉筍香，肉絲甜，這道菜硬是炒了十人的分量。

葛模理老師來過阿弘家吃拜拜，認得路。六點整，他的車準時停在大埕上，載來了王大衛和姜曉萱。阿弘出來相迎，姜曉萱一見他的裝扮，驚呼：「唉喲！我的媽呀！嚇死人了，這是誰呀？」

王大衛遮著眼睛大叫：「好刺眼！好刺眼！我睜不開眼睛了。」

葛老師也調皮的說：「Wow! sunrise.（哇！日出了！）」

只因阿弘穿爸爸的廚師服，戴廚師帽，還把亮澄澄的十兩大金牌掛在胸前。

「啊砸———」阿弘比劃李小龍決鬥的姿勢，逗大家開心。

大金牌發出千條瑞氣，萬道霞光，把人眼睛都炫矇了。大家輪流捧在手心掂重量，又仔細端詳，熱烈討論，彷彿看見稀世珍寶。

「咦？林友智呢？」姜曉萱問。

阿弘說：「還沒來呀！這個遲到大王，別管他，我們先開桌。」

於是阿弘領大家就定位，先來一杯汽水，然後開始上菜。好菜一道道出場，又引起眾人讚嘆。

「都是你自己做的嗎？真不敢相信。」王大衛說著，口水流了滿嘴。

姜曉萱說：「真不愧是金牌總鋪師，不一樣就是不一樣。」

葛老師也說：「Kevin，你簡直可以開家餐廳了。」

阿弘得意極了，跳著去幫大家盛飯。

正要開動時，林友智來了，見到阿弘立刻摀著臉頰，蹲下來尖叫：「偶像——偶像——」

阿弘被捧上天，整個人輕飄飄，不禁轉身拿起爸爸記事用的白板筆，裝酷說：「來吧！幫你簽個名好了。」

林友智捲起袖子，讓阿弘在手臂上簽名，好了之後還原地打轉，又叫又跳。

「我也要！我也要！」王大衛翻起上衣，露出大肚皮。

阿弘毫不客氣，在上頭寫了大大的「魏子弘」三個字，葛老師看了，喝了一半的汽水噴出來，姜曉萱笑得拍桌子，林友智則是抱著肚子喊疼。

鬧了好久，大家才忍著笑，津津有味的吃起菜來。

大胃王這回顯得很客氣，慢條斯理的夾菜，吃得也不比別人多。

「怎麼了？王大衛，你怎麼吃那麼少？不好吃嗎？」阿弘問。

「好吃，好吃，非常好吃。」王大衛猛點頭。

「那你要多吃一點啊！你是大胃王耶！不要留剩菜呀！」

「好，好。」王大衛說完，菜也沒多吃，只是一味的呆笑。

大家又愉快的聊起學校的趣事，不多久林友智就打起飽嗝，葛老師也放下了筷子，姜曉萱撫著肚皮說：「喔！好飽喔！像懷孕三個月。」

「那我不是懷孕三十個月？」王大衛掐住身上的游泳圈。

大家哈哈大笑，但阿弘可憂心了，還剩很多菜呢！每道菜都吃不到一半，尤其那盤青椒玉筍炒肉絲，剩得更多。

正煩惱著，忽然聽見王大衛客氣的說：「請問大家都吃飽了嗎？」

他一一注視大家，得到無數個充滿疑惑的點頭。只見他精神一振，眉飛色舞的說：「那麼，我要『開始』吃囉！」

「什麼？不是已經吃很久……」

姜曉萱話還沒問完，王大衛已經起立，將全部的剩菜集中到面前，又取出電鍋裡的剩飯，「開始」大吃起來。

他張開嘴，像個大廚餘桶子，一骨碌將食物倒進去，不到半分鐘就把青椒玉筍炒肉絲終結了。「嗯……好吃……好吃……」緊接著，秋風掃落葉似的，三杯中卷、糖醋排骨、鳳梨蝦球、東坡肉、佛跳牆……，一道道佳餚輪番躍進無底洞，桌面瞬間清空。

大家看得目瞪口呆，過了半晌，阿弘回見清潔溜溜的盤子，才定定神問說：「你……你……你吃飽了嗎？」

王大衛看看大家，害羞的低頭說：「……還……還沒耶。」

阿弘吞了口唾沫，小心翼翼的再問：「那麼……你還想……吃什麼……」

王大衛抬起頭，露出天真的笑容答：「告訴你喔！我最喜歡吃炒飯了。」

「炒飯？」阿弘盤算一下。「糟糕！飯沒了，菜也沒了，根本沒辦法炒飯。況且我爸也沒有教我炒過飯，那種東西，沒人用來請客的啊！」

林友智站起來，很有義氣的說：「我家開土雞城餐廳，炒飯多得很，我來打電話給我媽，叫她炒給你吃。阿弘，你借我腳踏車，我回家去拿。」

姜曉萱好奇的問：「喂！王大衛，你的食量到底有多大呀？」

王大衛搔搔後腦杓，紅著臉說：「我想一下，最高紀錄是：漢堡一次吃十五個、拉麵一次十碗、大披薩一次六個、白飯一次十六碗。」

大家張口結舌，面面相覷。

林友智又說：「大胃王，你想吃多少？剛剛吃過那麼多東西了，兩人份的炒飯夠不夠？」

「嗯……我想……這樣應該就夠了。」

林友智點點頭，正要去打電話，忽然看見王大衛又低下頭，高高的伸出五隻堅定的手指。

大家貶眼咋舌，叫不出聲了。

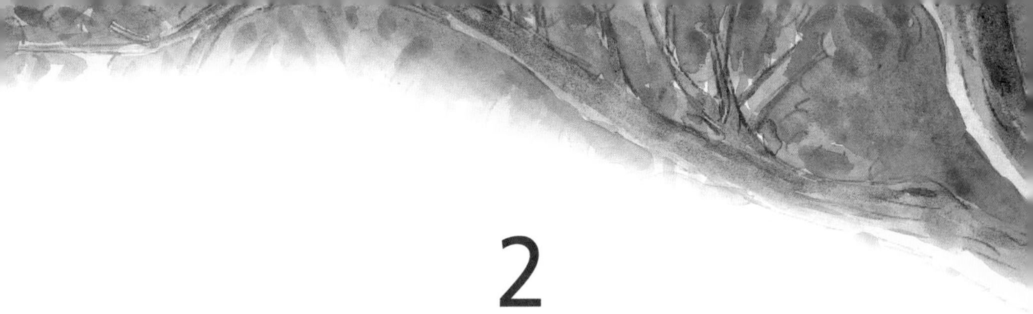

2 爸爸的反話真討厭

五人份的炒飯終於送達，王大衛喜孜孜的，無比興奮。剛吃完一份，阿弘的爸爸卻忽然出現。阿弘看看時間才八點多，喜宴應該還沒結束啊！

爸爸熱情的說：「葛老師好，各位同學好，大家不要客氣喔！把這兒當自己家。」

「爸，你怎麼回來了？不是還在辦桌嗎？」阿弘問。

爸爸說：「是，酒席已近尾聲了，我交代你媽媽接手，趕緊回來招呼一下客人，順便看看你的菜做得怎樣，客人滿不滿意。」

「菜都吃光光，滿意，太滿意了。」葛老師誇讚。

同學們也爭相讚賞，阿弘挺胸抬頭，開心得很。爸爸卻說：「哪裡？那是大家不嫌棄，阿弘剛學做菜，煮得不好吃，還望你們多多指教啊！」

王大衛趁大家說話的當兒，一口氣將炒飯吃個精光，這才撫摸大肚子，露出滿意的微笑。

林友智秀出臂上的簽名給爸爸看，阿弘也站起來，翻出王大衛的大肚皮，大家都大笑不已。剎那間，爸爸看到一道金光閃過，仔細再看，竟然是那十兩大金牌，臉上的笑容因而收斂許多。

爸爸說：「阿弘，你，該不會戴著金牌煮菜吧？」

「是啊！我也是金牌總鋪師啊！當然戴著金牌煮菜囉！」阿弘抬起下巴，志得意滿的模樣。

大家又誇阿弘厲害，阿弘心花怒放，哈哈大笑，卻沒發覺爸爸的臉色不太對勁。

又說笑了一陣子，九點剛過，葛老師就起身告辭，大夥兒跟著要走。爸爸留客人多坐會兒，因此大夥兒直到九點半才離開。

送走客人之後，阿弘還沉醉在喜悅當中。

爸爸把阿弘叫到面前，收起笑臉，嚴肅的說：「你煮的菜色如

魏子弘

何，我是沒看到。但是沒讓客人吃飽，就是一大敗筆。」

阿弘連忙解釋：「爸，你不知道，那個王大衛，他是大胃王，一次可以吃十幾個漢堡耶！」

「既然這樣，就要多準備一些菜，客人沒吃飽，這總鋪師是不及格的。」爸爸不留情面，彷彿將這場餐會當成一次模擬考。「還有，你怎麼能戴著金牌煮菜呢？油煙會弄髒它不說，這金牌是激勵總鋪師努力精進的，不是拿來向人炫耀的。你以為你會煮幾道菜，就是總鋪師了嗎？還差得遠呢！」

阿弘感到很討厭，剛剛大家都誇獎他，視他為明星主廚，這會兒爸爸卻是把他說得一文不值。

爸爸又開口：「對了！那些炒飯，不會是你炒的吧！不是都沒菜了？」

「當然不是我炒的，那是林友智叫他媽媽弄的。」沒從爸爸那兒獲得預期的讚賞，阿弘又失望又生氣，因而任性的說：「我可是總鋪師耶，又不是擺路邊攤的，那種剩菜剩飯亂炒一通的大雜燴，我才不屑做呢！」

「哦？是嗎？炒飯是剩菜剩飯亂炒一通的大雜燴，你這超級金牌總鋪師不屑做，是這樣嗎？」

「當然！」阿弘雙手抱胸，擺出輕蔑的表情。

「嗯，既然是這樣，那就太好了，太好了。哈哈！太好了！」爸爸乾笑兩聲，點點頭，癟癟嘴，帶著莫測高深的異樣神色往外走去。

「好了，我要去接你媽了，麻煩你這一位超級金牌總鋪師，趕快把家裡整理乾淨吧！」

阿弘嘟起小嘴，把金牌扔進櫃子，跨進廚房洗碗盤。

他一邊洗，心裡一邊嘀嘀咕咕：「什麼叫做『太好了，太好了。』？誰不知道你說的是酸溜溜的反話，我又不是笨蛋，討厭！」

第二天下課時，王大衛跑到阿弘的身邊，面露乞求的眼神，說：「阿弘，你做的菜好好吃喔！什麼時候還要請我去你家吃飯呢？」

阿弘感到又好氣又好笑，說：「你吃那麼多還不滿足啊？你既然吃過了，下一次當然換別人囉！」

「不要這樣嘛！你還是帶我去嘛！我只要吃剩菜剩飯就可以了，絕對不跟別人搶東西吃，你放心。」王大衛舉手發誓。

「好啦！有下一次的話，一定通知你。」阿弘點點頭，拍他肩膀。

「萬歲——」王大衛一躍而起。

阿弘心中歡喜，總算稍稍從爸爸的批評中平衡回來了。

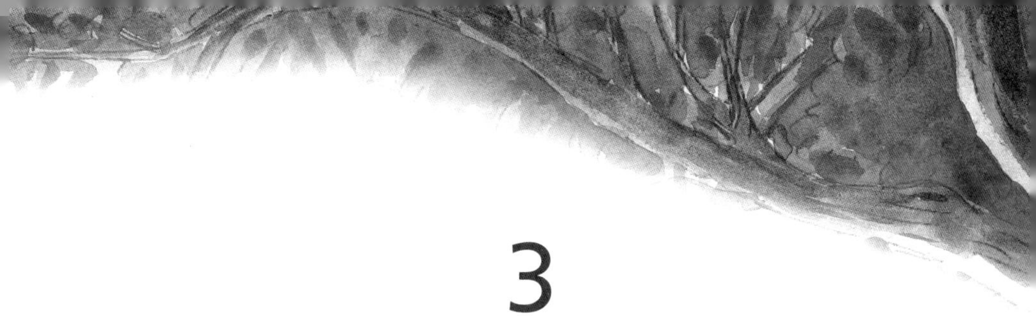

3 一場非自願的比賽

幾天之後，阿弘放學回家，在信箱收到一封信。信封上寫著「魏子弘先生收」，可是寄信人卻是「高雄市烹飪促進協會」，一個他完全不認識的單位。

他撕開信封，裡面還有一張一千元的收據。信的內容是：「台端參加本協會所舉辦的『台灣炒飯王』比賽活動，請自備材料，初賽材料不得高於一千台幣。初賽日期十月八日，星期六下午三點鐘開始，請準時參加，地點是中正技擊館。各賽程活動日期與比賽要求，請參閱下表。」阿弘看看表格，共分初賽、複賽和決賽，每兩個禮拜舉辦一次，也就是說用六週的時間完成，選出所謂的「台灣炒飯王」。

他將信紙翻到背面，看見比賽簡章，原來是有資格限制的，參賽者必須年齡在二十五歲以下，而第一名可以獲得二十萬元的獎金。

「天哪！好高的獎金哪！」阿弘又驚喜又迷惑。「奇怪，是誰寄這東西給我？我並沒有報名啊！這封信是要叫我去參加比賽的意思嗎？難道有人瞞著我，幫我報名了？」

爸媽辦桌去了，還沒回家，無人可問。他打開電視，悶悶的等著。

好不容易等到爸媽回家，阿弘立刻拿信給他們看。

爸爸笑說：「呵呵！那是我幫你報的名啦！」

「什麼？怎麼都沒跟我說？」阿弘又驚訝又生氣。「爸，你怎麼可以這樣，自作主張，根本就不尊重人家。」

爸爸瞄他一眼，說：「你這位超級金牌大總鋪師，該不是只會在家裡自鳴得意，自立為王，不敢接受外面的挑戰吧？」

阿弘不高興的說：「你又沒有教我炒飯，我根本不知道炒飯要怎麼炒。」

他心裡想，爸爸根本就是存心看他出糗，真可惡。

媽媽說：「烹飪協會辦的比賽不少啊！有中華料理、日本料理、台灣小吃，甚至還有法國料理大賽。為什麼你偏偏幫阿弘報名炒飯比賽呢？」

「哦！你可不要小看炒飯喔！要把飯炒得好吃，基本功夫和要訣一樣都不能少。」爸爸笑笑，故意提高音調說：「炒飯可是最家常的料理，把剩菜剩飯炒成一道可口的飯菜，是一個廚師修業的基本功夫。我們家阿弘是獲得市長金牌的大總鋪師，怎麼能說不會炒飯呢？這要是傳出去，不笑掉人家大牙才怪。」

「我不想參加。」阿弘埋怨的眼神像一把飛刀，直直的射向爸爸。

「別怕嘛！炒個飯而已。明天開始我就教你。」爸爸說。

「不要，我不想炒飯。」阿弘頭一甩，嘴巴翹起來。

「不想參加也行，那你就好好的讀書，別再學做菜了。連這麼基本的東西你都不願學了，還學什麼其他的呢？」爸爸語氣堅定，帶著威脅。

阿弘一聽，這可怎麼好，做菜是他的興趣，他只是氣爸爸不教而戰，擅自幫他報名，他並不是真的不想學炒飯啊！

他靈機一動，改口說：「好，我參加，可是我不跟你學，我跟媽媽學。」

「隨便你。」爸爸說。「等你學會炒飯，我就繼續教你辦桌菜，否則免談。」

於是隔天放學，阿弘就開冰箱找材料，爸爸是總鋪師，家裡的冰箱有好多個，就像食品行的大倉庫，要什麼有什麼。他又洗米煮飯，準備一大鍋白米飯，等媽媽回家。

等了老半天，媽媽辦桌回來了，卻有氣無力的說：「改天好嗎？累死我了。我做了一天的菜，現在只想好好洗個澡，好好睡個覺。」

眼看離比賽還有十天左右，說近不近，說遠也不遠。看看白板上

的記事，四天後沒有酒席要辦，媽媽有空教他了，可是阿弘實在等不及了。

他乾脆跑到隔壁林友智家，點了一盤肉絲炒飯，然後跑到廚房觀看。

林友智的媽媽說：「阿弘，你到前面坐啊！」

「不用了，我想看你炒飯，我喜歡看人家煮菜。」阿弘可不敢說自己要去比賽，萬一輸了，多不好意思。

「喔！對了，我知道你喜歡煮菜。」林媽媽笑笑，但口氣有些不以為然。「唉喲！還是讀書比較重要啦！」

林媽媽熱鍋子，倒油，先炒雞蛋，然後起鍋，一陣濃濃的蛋香瞬間撲鼻而來。接著林媽媽又淋一點油爆香，加紅蘿蔔丁和洋蔥丁炒肉絲，再放入炒好的蛋和白飯拌炒。飯菜在熱鍋裡翻來跳去的，淋上醬油調味，灑上胡椒粉增香，不一會兒就大功告成。一股蔬菜和肉類混合的甜香，誘引得阿弘垂涎三尺。

「林媽媽，你這道炒飯如果拿去比賽，會得第幾名？」阿弘試探的問。

「開玩笑，當然是第一名啊！賣瓜的說瓜甜，賣花的說花香，我的炒飯當然是第一名，我們家賣的土雞料理當然也都是第一名，嘻嘻！」

林友智突然跑過來。「阿弘，你在這裡做什麼？」

「沒事，我肚子餓，想吃消夜。」阿弘裝沒事，他可不敢透露半點訊息，免得林友智又到處宣傳，製造壓力。

「拜託，你家有那麼多東西吃，幹嘛跑來吃炒飯？」

阿弘想了一秒鐘，扯個謊說：「還不是那一天看大胃王吃炒飯的幸福模樣，像是吃到什麼山珍海味，所以我也想吃看看。」

「哦！原來是這樣。我媽的炒飯還好啦！普普通通，我都吃膩了。」

林媽媽聽到，給林友智一對白眼，說：「少囉唆！去讀書啦！」

阿弘吃吃的笑，他將炒飯打包，趕緊回家。

趁著記憶鮮明，他快快開火，依樣畫葫蘆一番。先炒雞蛋，再炒菜，最後加入飯拌炒，搞了半天，終於完成。可是他的成品顏色不太對，白白淡淡的，味道不香，而且黏呼呼的，不像林媽媽的乾爽濃郁。

做得不好，再試一次，就這樣一連炒了六盤肉絲炒飯，沒有一盤滿意的。包括林媽媽的，他每一盤都只嚐一口，剩下的他全冰進冰箱裡，不倒廚餘桶，因為他另有打算。

隔天他帶王大衛回家，炒好的飯都拿出來分批回鍋加熱，給王大衛吃，王大衛開心極了。

吃到林媽媽的作品，王大衛直呼好吃，可是吃到阿弘的作品，卻只是悶著頭猛吞。

「怎麼了？有什麼問題嗎？」阿弘把大胃王當評審看待。

「只有一盤好吃，其他的都不夠好吃。」王大衛不好意思的說。

「怎麼不好吃？你說說看。」阿弘誠心的詢問。

「就是飯粒黏黏的，有的結成塊，像吃白飯沒滋味，有些地方又太鹹。」王大衛歪著頭。

爸爸說的沒錯，炒飯看似簡單，卻內含基本功夫和要訣，不能小看。

阿弘說：「很好，王大衛，你以後想不想再來吃免費的炒飯？」

「真的嗎？當然囉！一百個願意。」王大衛開心極了。

「那好，明天開始，你每天跟我回家，我免費炒飯給你吃。」阿弘慎重其事的說。「不過你要幫我保密喔！」

「好啊！什麼祕密？」

阿弘詳細的把緣由都跟王大衛說。

「原來如此。拿我當白老鼠兼清道夫啊！哈哈！我喜歡當白老鼠，我更喜歡當清道夫。你放心好了，我不會跟別人說的，不過，如果每一盤都像林媽媽那種水準的，那就更棒了。」

「你放心好了，我會加油的。」

這真是個完美的交易，誰都不吃虧，誰都占便宜。

阿弘思索著，或許明天應該去買食譜來參考，或者叫媽媽不要去辦桌，留在家裡教他。也或許他該去請教太師父——爸爸的師父，人稱台灣國寶級辦桌總鋪師的阿祿師。

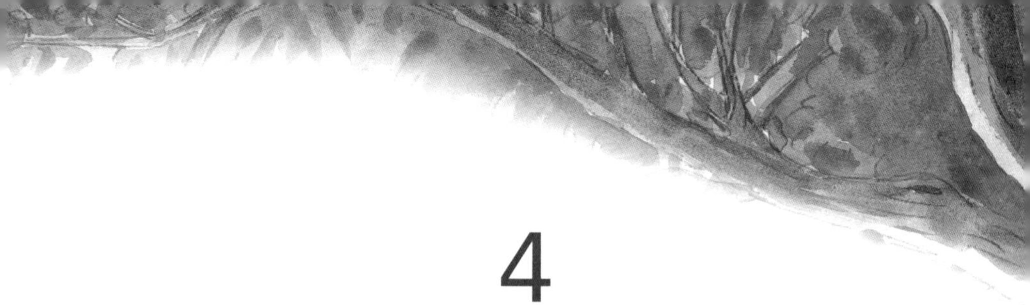

4 熱鬧的初賽會場

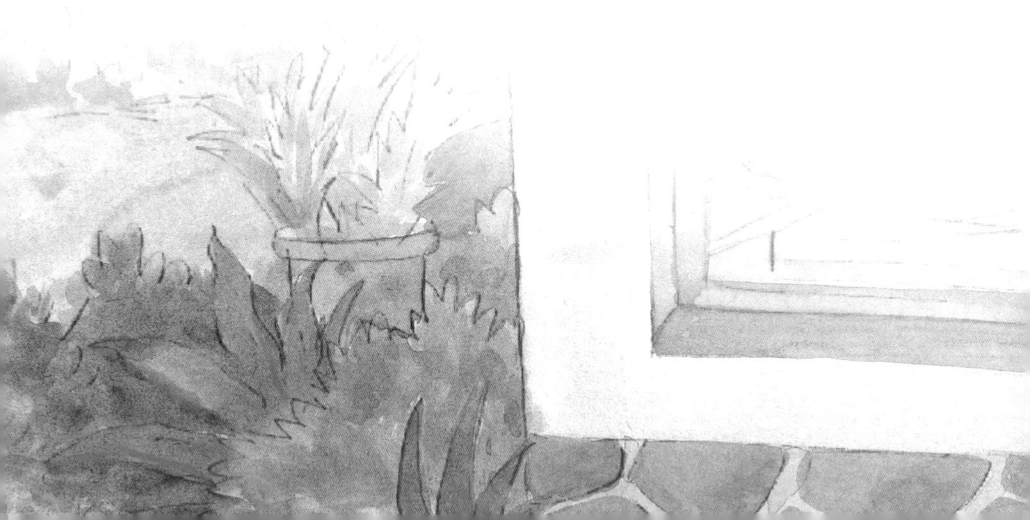

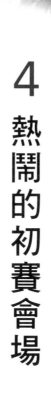

太師父灰頭髮，白鬍子，七十多歲了，是台灣料理界響噹噹的人物，曾經身兼很多大飯店的大廚，人稱「通灶」，現在退休了。他是爸爸的師父，也是阿公的師弟，所以很疼阿弘。

想當初如果不是太師父「伯樂識千里馬」，看出阿弘的潛能，要求爸爸教阿弘做菜，阿弘現在還受困在學測的五指山下，哪能如願以償的料理美食呢？不過，眼下比賽的壓力如排山倒海，可一點都不輸升學大考。

阿弘打電話向太師父求救。

太師父說：「阿弘啊！你爸爸跟我說過這事了。」

「太師父，你趕快來教我，要不然我一定輸得很慘。」阿弘語調哀怨，特意顯得可憐些。「求求你，求求你啦！好不好？」

「唉呀！你爸爸就是最好的老師，誰叫你賭氣不跟他學呢！」太師父嘆口氣，又說：「我雖然退休了，可是仍然忙得不得了。嗯，你還記得上回你偷跑去紅荷園吃壽宴的事嗎？」

「當然，天帝大廈一百層樓高的紅荷園，很高級的餐廳。怎麼了？」

「紅荷園的老闆邱董和那天壽宴的主人王董，兩個人合資，要在台北七零七大樓的最高點開一家新餐廳，他們找我去當顧問哪！」

「哇！好厲害喔！那是全世界最高的建築耶！」阿弘由衷讚嘆。

「是啊！所以，我明天就要上台北去開會了，一個多禮拜才會回來，沒辦法教你了。」

「啊？那怎麼辦？」

「阿弘啊！每個廚師都可以當你的老師，你好好跟媽媽學，也可以多參考土雞城師傅們的手法，多觀察多練習，太師父相信你會成功。」

「好吧！也只好這樣了。」阿弘難過的說。

阿弘不是對媽媽沒信心，而是從小到大，很少吃到媽媽的炒飯，而且媽媽當爸爸的二廚，功夫自然是弱了一些。不過又想回來，炒飯既然是廚師的基本功，媽媽的功夫應該也不差吧！

媽媽得空那天，阿弘認真的跟媽媽學肉絲炒飯。媽媽的步驟跟林媽媽差不多，可是風味竟然略遜一籌，洋蔥沒那麼甜，飯也有沒那麼香，而且口感溼潤，沒有林媽媽的乾爽疏鬆。

阿弘埋怨媽媽：「這樣不行啦！你會害我輸掉的。」

媽媽苦笑說：「唉！我承認我不是炒飯高手，我們家每天吃辦桌的菜尾都吃不完了，根本不會想要炒飯來吃。林媽媽做生意，每天炒那麼多盤炒飯，熟能生巧，當然是比我厲害囉！」

阿弘無奈，只好自己練習，可是炒出來的不是太油，太糊，就是太焦有苦味，比媽媽的還差。他買食譜來看，又跑到土雞城餐廳，一家一家點炒飯吃，還溜到廚房旁偷看。他注意到男廚師們總是把鍋子往上甩，來回將炒飯拋到空中，大杓子快速的又壓又翻，像是上了馬達，一刻不得閒。

他有樣學樣，卻將飯菜灑了滿地。

媽媽見了，說：「拋鍋可是門真功夫，可以加速拌炒的速度，也可以幫助材料充分混合。這要練起來，不是三天兩天就行的。」

阿弘又急又焦慮，眼看距離比賽的日子只剩三天，他卻連媽媽的程度都還達不到。

阿弘心情低落，於是打電話給人在台南的惠貞姐，吐吐苦水。

惠貞姐是阿弘小時候的鄰居，她爸爸開土雞城餐廳，後來迷上賭六合彩，輸掉很多錢，搬到台南賣當歸土虱。惠貞姐為了幫爸爸還債，不得已跟著電子琴花車跳脫衣舞。上次柴山山海宮王爺慶生，惠貞姐也來跳舞，因而跟阿弘久別重逢，兩人又聯絡上了。

「惠貞姐，怎麼辦？我的炒飯都炒不好，怎麼參加比賽？」

「嗯！炒飯看似簡單，其實卻需要真功夫，我爸爸以前在土雞城餐廳負責熱炒，每天汗流浹背，十分辛苦。」惠貞姐安慰他說。「阿弘加油！你那麼有天分，我對你有信心的。」

聽到自己有天分，阿弘心虛，反倒不敢再訴苦。他轉移話題，問說：「惠貞姐，你現在好嗎？」

「我啊！我已經不跳脫衣舞了，我賺的錢已經把我爸爸的債務還得差不多了，他在夜市賣當歸土虱，生意普通，不缺人手，所以我現在到工廠上班。」電話那頭的惠貞姐，透出歷盡滄桑的味道。

「到工廠賺的錢不是少很多嗎？」

「當然是少很多，可是日子過得平淡充實。誰願意站在舞台上跳脫衣舞，給人看，給人笑，還受人欺負呢？那樣的日子，我想起來就全身雞皮疙瘩，哈哈！」說到傷心處，惠貞姐刻意說笑來掩飾。

阿弘可笑不出來，一方面他知道惠貞姐的辛苦，另一方面他即將面臨注定失敗的比賽，那就像荊軻刺秦王，風蕭蕭兮易水寒，壯士一去兮不復還——必死無疑。

看阿弘沒反應，惠貞姐又說：「阿弘，別說我了，倒是你別把比賽結果看得太重。好好利用這個機會學習新的東西，那才是重點啊！」

「嗯！」

「加油！惠貞姐給你精神支持。」

「謝謝惠貞姐。」

有了惠貞姐打氣，阿弘的精神稍稍振作，他打電話叫王大衛來他家，重新點燃爐火。

針對自己的缺失，他少放一點油，加快拌炒的速度，再多加一些醬油，一盤又一盤的練習，在大胃王的見證下，終於炒出接近林媽媽的滋味。

他信心大增，總算可以跟人一較長短了。

初賽的日子來臨，媽媽沒去辦桌，帶阿弘去比賽。

中正技擊館就在中正路交流道下，體育場對面，場地寬敞，交通方便，非常適合舉辦大型活動。

還沒上台階，就看見門口一幅對聯高高掛著，上頭寫：「水火功夫英雄技高名威揚萬里　山海珍味食材樣繁米香傳千年」。橫批是：「台灣炒飯王」。

一進會場，映入眼簾的是一整排紅彤彤的大彩球，給人帶來無限喜氣。半空中橫七豎八的掛滿了萬國旗，顯得熱鬧無比，好像要舉辦好玩的園遊會。中央大舞台上擺放四組爐具和料理台，裡頭還有兩幅對聯，右邊一幅寫：「三昧真火炒一鍋色香味　一盅粗米養百種忠孝賢」。左邊一幅寫：「老農耕耘收割粒粒汗　新廚料理進獻盤盤心」。都寫得十分貼切又有趣。可阿弘無心欣賞，只管東張西望。

報到完畢，抽了籤，籤號三之二，是第三組第二位。阿弘看見會場右邊還有個展場，展示著小包裝米，上頭大大的掛了幾個紅字：「台灣良質米展售會」。他調皮的想，炒飯比賽就有人來賣米，難不成海鮮料理大賽時，會把魚市搬到這兒？

才下午兩點半，會場已經擠滿人，有的是選手，多的是來賓。從選手身上的飯店制服看來，個個來頭不小，而且都有老師傅在一旁指點。阿弘仔細觀察，有：一品香海產店、饕餮村江浙館、會上癮熱炒店、大觀園川菜館、多一味廣式茶樓、紅荷園餐廳……，相較之下，自己一身T恤牛仔褲和沒沒無聞的出身，顯得多麼寒傖。該不能說自己是「阿添師辦桌團的小師傅」吧！

看來各大飯店都派出年輕好手來奪標，好為飯店宣傳廣告，如果讓他這無名小卒贏了比賽，鐵定上明天頭條新聞。

三點一到，隆重的音樂響起，主持人步上舞台，開懷的說：「各

飯王
水火功夫英雄技高名威揚萬里

山珍海味食材樣繁米香傳
台

位親愛的來賓，大家好，歡迎蒞臨『台灣炒飯王』比賽活動。本活動是農委會為了推廣米食料理，弘揚米食文化，委託高雄市烹飪促進協會所辦理的。」

哦！原來如此，比賽炒飯的目的，是為了推廣米食，阿弘這下懂了。

主持人請長官致詞，有農委會的官員、市長和協會會長講話，都是推廣米食和勉勵選手的話。

接著，主持人接回麥克風，又說：「參賽者共有來自全國各地的好手四十八人，已抽籤分成十二組，每組四個人。今天初賽採勝敗制，每個人炒一盤炒飯，分數高的兩位進入勝部，分數差的兩位進入敗部，請大家加油。現在，請到準備區洗米煮飯，切辨食材。」

阿弘從媽媽手中接過白米、蔬菜、肉絲和調味料，進入準備區，從那一刻開始，他必須獨自奮戰了。

看看同組的選手，全是二十多歲的小伙子，分別是饕餮村、會上癮和一品香的年輕師傅。

饕餮村的師傅還過來拍他的肩膀說：「小朋友，年紀輕輕就來參賽，真是勇氣可嘉。」

飯煮好了，阿弘開始切菜，卻發現許多師傅將白飯倒出來，拿扇子將熱氣搧走，甚至有人用電動風扇。他不懂人家為何這樣做。

瞄一下別人的主要配料，有用牛肉、羊肉的，有用鮑魚、干貝的，還有用蝦仁和鮭魚的，就只有他用豬肉，顯得太普通了。

總算輪到他這一組上台。阿弘戰戰兢兢的帶著材料上台，認真的炒起配料，只見台上騰起四道熊熊烈火，一時香味四溢。自己因為生疏而不敢拋鍋，但別人卻是專業而快速的又拋又翻，尤其饕餮村的師傅更是炒得虎虎生風，飯菜在空中和鍋杓之間跳著勁舞，好看極了。

在台面上這麼一比，阿弘覺得自己簡直就是小學生在玩家家酒。

準備那麼久，練習得那麼勤，然而不到五分鐘，比賽就結束了。五位評審上前評分，各在盤子裡舀一匙來品嘗，每人可以給一道炒飯一朵紅花，紅花數最多的人勝出。

一個評審先講評：「『會上癮』的鮭魚炒飯食材新鮮，鮭魚肉細膩香甜，運用青蔥的蔥白增鮮提味，非常好吃。只可惜，魚骨沒有挑乾淨，一些小刺混在飯裡面，吃起來影響口感，還增添安全的疑慮。」

另一個評審接著說：「『一品香』這一道蝦仁蛋炒飯還不錯，蝦仁鮮脆彈牙。米飯用了香米，隱隱透著芋頭香，搭配蝦仁的甜與蛋花的香，十分調和，缺點是口味太過清淡，對味蕾的刺激不足。」

第三位評審點點頭，說：「我來說這『饕餮村』的鮑魚干貝XO醬炒飯。鮑魚脆，干貝甜，XO醬鹹香適中，卻鮮味十足，彷彿將汪洋大海的鮮味全濃縮其中，加上彩椒紅豔的點綴，可說是色香味俱全，品相高超。」

阿弘等著第四位評審給自己評斷，卻只見那先生癟癟嘴，搖搖頭，望著主持人說：「好了，這樣就可以了。」

什麼意思？是好是壞，沒有透露一點訊息，阿弘心裡忐忑不安。

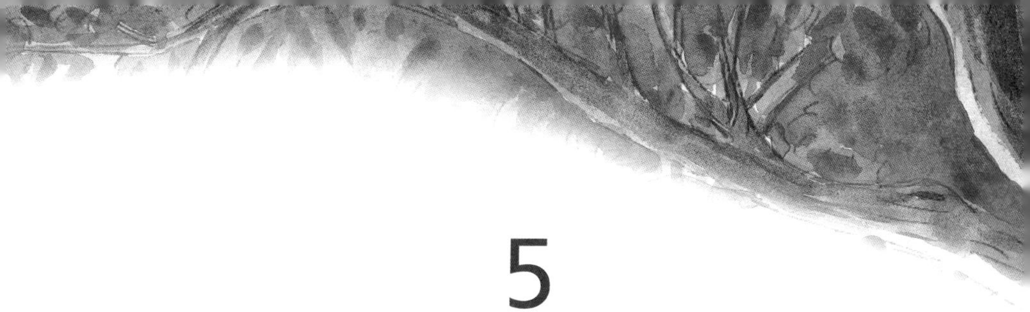

5 初嘗失敗的滋味

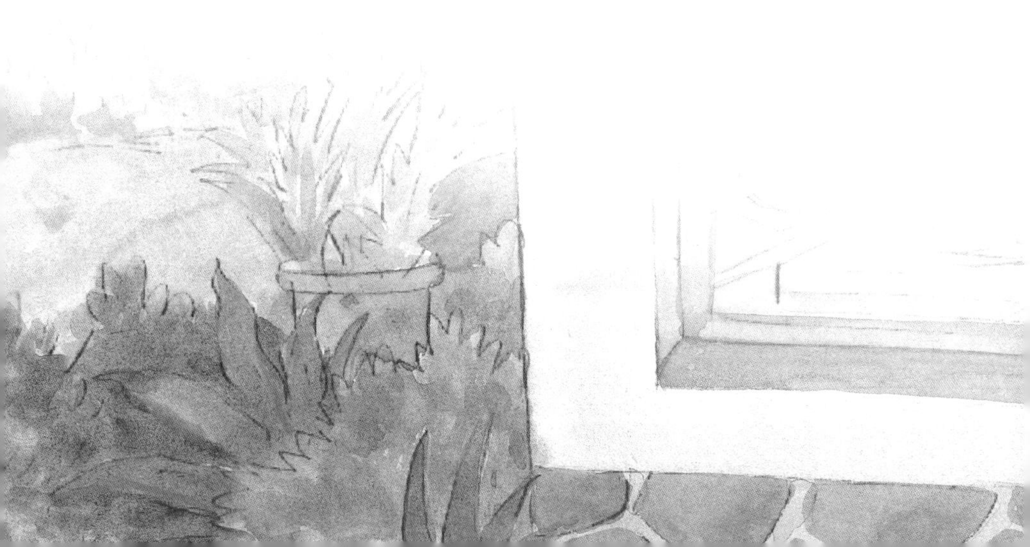

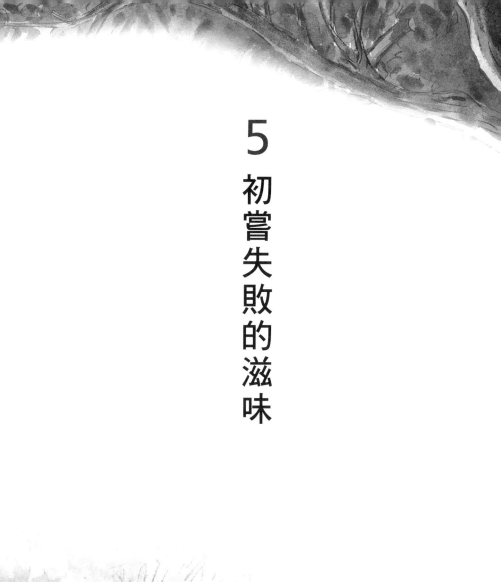

沒等阿弘亂猜，分數就出來了：會上癮三朵花，一品香四朵花，饕餮村五朵花，魏子弘一朵花。饕餮村的鮑魚干貝XO醬炒飯獲得評審一致青睞，獲得滿分，而阿弘卻只得了一分同情分。

會場鬧烘烘的，阿弘的耳朵卻聽不到任何聲音。他閉起眼睛不敢看人，因為他覺得全場的人都在嘲笑他，太丟臉了。他手腳冰冷，全身凍結，彷彿被丟進外太空一般與世隔絕，他孤單漂浮，抓不到依靠的東西，忍受窒息的痛苦。

「阿弘！阿弘！」

一個沙啞年邁的聲音喚著他，他一點兒也沒聽見。

「阿弘……」

那人拍他肩膀，他才被拉回現實。

他回頭看去，愣了半晌才認出人，一瞬間，眼淚不聽使喚的流下來：「嗚……嗚……太師父……」

「沒關係的，雖然淪入敗部，兩個禮拜後，還有機會扳回一城啊！」太師父摸摸阿弘的腦袋說。

看阿弘沒有回應，太師父又說：「沒有人是一步登天的，成功需要不斷的努力才行的。」

媽媽說：「阿弘，太師父在跟你說話啊！你不答話，多沒禮貌。」

「喔！」阿弘應了一聲，又低下頭。

收拾好東西，懷著悲傷的心，阿弘跟隨媽媽和太師父上車。

「所有的參賽者裡面，你的資歷最淺，年紀最小，輸了也不丟臉啊！」太師父清清喉嚨，又說：「這一項比賽把年齡限制在二十五歲以下，為的是選出優秀的青年好手。故意把時間拉得這麼長，還分勝部和敗部，不像一般比賽直接淘汰，就是希望技術尚未純熟的年輕人好好切磋，努力練習改進。你爸爸特地幫你選了這個比賽，是為你著想的啊！」

一聽到爸爸，阿弘心裡就有氣，索性把頭轉向窗外。

阿弘一直不答話，媽媽覺得尷尬，於是說：「呀！師父，不是聽說你要到台北七零七去當餐廳顧問嗎？」

「是啊！去開了幾天會，昨天回來就趕來看比賽。」太師父躺回座椅。

「師父，你真厲害，這家餐廳想必很高級吧！叫什麼名字呢？」媽媽問。

「叫做『東方美人餐廳』，仿效『紅荷園餐廳』採會員制，一個人得要『一百萬』會費。」

太師父特意將「一百萬」的音調拉高，看看阿弘會不會有反應，哪知道他還是望著窗外發愁。

這一天爸爸辦桌是請中午的，因此很早就回到家了。阿弘他們回到家已經傍晚，阿弘一見爸爸，翻出白眼，不打招呼，也不報戰果，一個勁兒的往房裡闖，並且用力的關上門。

爸爸故作驚訝，叫說：「喲！輸就輸嘛！怎麼好像全是我的錯似的，真是冤枉。」

「你怎麼知道我們輸了？」媽媽問。

「哈！這還用說嗎？贏的話會是這種表情嗎？」爸爸看見太師父，忙說：「啊！師父，你怎麼來了？」

太師父揮手說：「是，我不放心阿弘，跟回來看看。」

爸爸請太師父坐下，說：「哼！這小子好高騖遠，仗著幫他老爸贏過金牌，就以為自己是金牌總鋪師了。早知道他會心高氣傲，當初我就不送他金牌了。」

媽媽說：「我看你送他金牌是錯的，他今天會這樣全是你的錯。」

爸爸不平的說：「我出自一片好意啊！那時為了感謝他，一時衝

台灣炒飯?

動就送了。你不要怪我，這次比賽是你教他炒飯的，別把責任往我身上推。」

媽媽動氣了：「什麼？你沒有好好的指導他，還怪罪到我這裡，我每天那麼累，為了教他炒飯，更累了。」

「是啊？就你會累，我不會累嗎？」爸爸也不相讓。「孩子又不是我一個人的。」

爸媽為了自己吵架，阿弘在房裡全聽見了。他越聽越煩，忍不住打開房門大聲吼叫：「不要再吵了，我不要再比賽了，我也不再學做菜了，這樣可以了嗎？」

爸爸站起來，說：「你這是什麼態度？太師父面前，這麼沒禮貌。」

阿弘轉向爸爸，把積壓的怨氣全爆出來：「好哇！你的詭計得逞了，故意不讓我當廚師，設計我參加比賽來打擊我。好啊！這下你得意了吧！」

屋裡鴉雀無聲，大家都讓這話給嚇住了。

媽媽想幫爸爸解釋：「不是這樣的，阿弘……」

「不要再說了，我不想聽。」阿弘說完，拔腿就往外奔去。

「阿弘！阿弘！你要去哪裡？這麼晚了……」媽媽伸長手要挽留，卻只能望著他的背影，無奈的喚著。

爸爸說：「算了，讓他去吧！就讓他自己一個人靜一靜，好好想清楚。」

媽媽轉回頭，嘆口氣，轉成無奈的笑臉說：「添仔，我有聽你的話盡量自廢武功，可是還要維持不太差的水準，真是難上加難。我可是從來沒有炒過這麼難吃的炒飯，要是傳出去，真會壞了你阿添師的好名聲。」

爸爸摟著媽媽的腰，語重心長的說：「唉！我這麼做也是用心良苦，這孩子是獨子，從小讓大家寵壞了，現在長大了，不給他鍛鍊一下是不行的。」

太師父哈哈大笑：「我就知道你們剛才吵架是吵假的。」

爸爸向太師父鞠躬說：「師父真抱歉，在你面前失禮了。」

「不會啊！」太師父說。「我認為你這樣是對的。」

媽媽卻又心軟，望著門外昏黃的天色，嘆說：「可是，我有點不放心，阿弘不知道會不會怎麼樣？」

爸爸說：「安啦！我的孩子我知道，他個性好強，不會做傷害自己的事。我們要沉住氣，給他時間好好想一想。」

太師父說：「是啊！一個人如果沒辦法忍受失敗，將來怎麼面對社會的挑戰？又怎麼獨當一面，當一位好的總鋪師呢？添仔，師父支持你這樣做。」

媽媽到阿弘房裡察看，出來時帶著微笑說：「他把手機帶出去了，這我就安心多了。」

爸爸說：「都快七點了，你們還沒吃晚飯吧！我去弄晚餐。」

「啊！我來弄就好了。」媽媽捲起袖子說。「添仔，你先泡個茶，陪師父聊聊天，你們也有一陣子沒碰面了吧！我跟你說，師父真是不簡單，要去台北七零七大樓的餐廳當顧問，叫做『東方美人餐廳』。」

「添仔知道啦！我跟他講過了，下個禮拜要召開開幕典禮的籌備會議。」太師父點點頭。

「啊？」媽媽疑惑的說。「不是前幾天開會，昨天剛回來嗎？阿弘說你去台北開會，沒辦法教他炒飯。」

太師父靜默了一秒鐘，和爸爸相視而笑，說：「我沒去啦！本來就是下個禮拜才要開會的。」

媽媽恍然大悟，拍了額頭，也笑了。

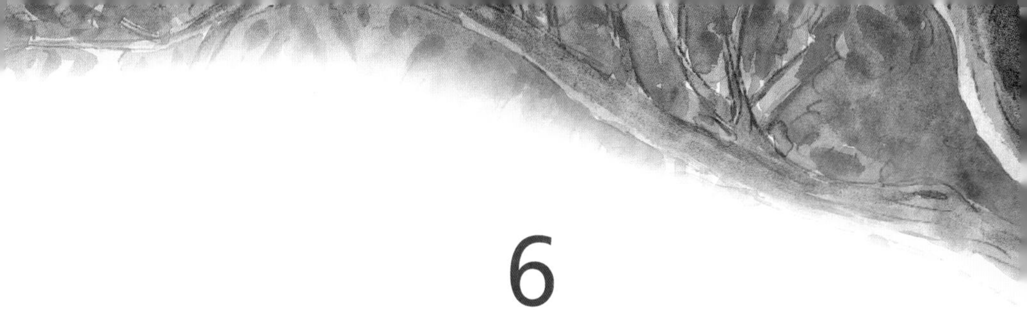

6 來自惠貞姐的邀約

阿弘心情低落的騎上腳踏車，不知不覺來到西子灣。他渾渾噩噩的爬上高聳的階梯，在十八王公廟前望著滿天彩霞發呆。

夕陽早已降到海平面下，黑幕緩緩籠罩，觀景的人潮逐漸散去，視野中取而代之的是外海遠洋大船剛點上的漁火。大熱天裡，一股冰涼的孤獨感從腳底往上竄，叫人心中淒冷荒涼。

阿弘回想起在紅荷園偷吃壽宴的往事。那時的自己對做菜滿懷嚮往，似乎天底下沒有比做菜更快樂的事，而今他卻覺得自己一點都不適合當總鋪師。簡單的一道炒飯，不僅最後一名，落後別人那麼多，連評審都不屑評論，真的是太丟臉了。難道他沒有做菜的天分嗎？如果是這樣，那麼大家以前對他的讚美，都是虛偽的客套話囉？

他握緊雙拳，羞憤的紅了眼眶。

「滴鈴鈴——滴鈴鈴——」

口袋裡的手機在此刻響起，阿弘掏出來看螢幕，竟然是惠貞姐打來的。

「喂！阿弘，阿弘。」

「……喂，惠貞姐。」

「我剛打電話去你家，你媽媽都告訴我了。阿弘，聽惠貞姐的話，輸贏都不重要，你現在趕快回家，別讓爸媽擔心。」

「我不想回家，我不想看到我爸。我恨他，沒事亂幫我報名，害我輸得灰頭土臉，丟臉丟到家了。」

「你現在在哪裡？」

「我在西子灣這邊。」

「你吃飯了沒？」

「沒有，我吃不下。」

「都已經七點多了，你還沒吃飯啊！」惠貞姐在手機那頭想了一下。「這樣好了，既然你不想回家，那麼你到台南來找我，我帶你去夜市玩，輕鬆一下。反正明天是星期天，不用上課。好嗎？」

阿弘想想，留在這兒也不知要幹什麼，去散散心也好。「好啊！」

於是阿弘搭公車到高雄火車站，然後轉搭火車到台南。

步出台南車站，惠貞姐早已騎摩托車等著了。惠貞姐穿著粉紅上衣，白短褲，臉上素雅白淨，還是跟以前一樣美麗。她笑著張開雙臂迎接阿弘，阿弘跑過去擁抱她，露出久違的笑容。

阿弘正想伸手接過安全帽，惠貞姐卻收手，叫他打手機回家報平安。

「好啦！」阿弘一開心，不嘔氣了，拿起手機打回家。

媽媽接的電話，她說：「有惠貞在你身邊我就安心了，你好好的玩，好好的玩，明天再回家。」

阿弘戴上安全帽，惠貞姐跟他勾勾手，說：「我們先講好，不愉快的事先放一邊，我們到夜市好好大吃一頓。」

「好耶！」心情一放鬆，阿弘的肚子就咕咕叫。「我現在好餓，可以吃下一頭大象喔！」

「你哦！」惠貞姐捏捏他的鼻子，兩個人哈哈大笑。

台南的新花園夜市好大，比高雄的六合夜市還大。商家一店連著一店，賣的東西五花八門，一眼望不盡，人潮洶湧，熱鬧非凡。

空中瀰漫白煙，有來自燒烤的炭火，有來自鹽酥雞的炸油，還有蚵仔煎的熱氣和小火鍋滾沸的湯頭，七香八味全混在一起，勾誘得阿弘口水流了滿嘴。

「你想吃什麼？我請客喔！不要客氣。」惠貞姐說。

阿弘興奮的說：「我想吃烤小卷、鱔魚麵、蝦卷、浮水魚羹……」

於是他們一攤一攤的逛過去，一盤一盤的吃起來，這些小吃又香又酥，又油又脆，酸甜辣鹹，各有迷人的滋味。阿弘吃著，打心底感到滿足愉悅。

「哇！好多海鮮喔！都好好吃。」阿弘說。

「因為台灣是海島啊！靠山吃山，靠海吃海，台南跟高雄一樣，都是海邊的都市，所以海鮮小吃特別多。」惠貞姐說。「對了！你別吃撐了，留點肚子，待會兒還要帶你去我爸爸那兒吃當歸土虱。我們家的當歸土虱滋味真不是蓋的，純中藥熬燉，非常香又滋補喔！」

「好！好！」阿弘大口的吃著炸魷魚。

兩人邊走邊吃，邊吃邊聊，慢慢的走到當歸土虱的攤販。惠貞姐說：「到了，那是我男朋友剛毅。今天週六，我本來要幫忙賣土虱，但為了招待你，沒空，就叫剛毅過來幫忙。」

阿弘見到一位半禿的中年人和一位年輕的帥哥，那中年人坐在桌子旁一邊抽菸一邊喝著參茸酒，滿臉通紅，而年輕人則是負責招呼客人。喝酒的先生的確是周伯伯，只不過才兩三年不見，他竟然老了許多，額頭上有許多皺紋，又滿臉鬍渣，而且眉宇之間透著一股說不出的滄桑與頹廢。

「周伯伯好。」阿弘親切的叫人。「剛毅哥好。」

「喔！是阿弘啊……嗯……，進來坐……周伯伯請你吃土虱。」

周伯伯揮手示意剛毅哥去盛土虱，阿弘卻感受不到來自他的親切。

惠貞姐拉下臉，對周伯伯說：「爸！你怎麼又喝酒了？今天是禮拜六，客人會多一些，你怎麼不好好做生意呢？」

「唉呀！不是有阿毅在幫忙嗎？你自己看看……客人又不多……我喝兩杯有什麼關係？」周伯伯說完，又喝了一口。

比起其他攤位，這個當歸土虱攤生意是明顯差多了，空座位比客人多得多，冷冷清清。

剛毅哥過來招呼：「阿弘你好，我常聽惠貞談起你呢！」

剛毅哥請阿弘坐好，惠貞姐端來一碗中段的土虱。

那土虱肥美無比，翻開厚皮之後，鮮白軟嫩的魚肉冒著香香的熱氣，一口吃下，纖維細緻，甜美彈牙。濃濃的當歸香，混合了枸杞、人參和米酒的味道，濃郁豐滿，層層疊疊。那沾醬也極有特色，吃得出香油、豆瓣醬和豆腐乳的滋味，阿弘細心品賞，一口接一口，忘了剛剛吃下肚的小吃都還沒消化吸收呢！

阿弘好奇的問惠貞姐：「這當歸土虱明明很好吃，為什麼客人這麼少？真奇怪。」

惠貞姐嘆口氣，說：「你看我爸爸那樣，有真心想要做生意嗎？東西好還不夠，老闆如果不誠心招呼客人，客人是不會想來的。」

「周伯伯為什麼會這樣呢？」

「唉！這說來話長，一言難盡。」惠貞姐又是低頭嘆氣。

周伯伯忽然起身，拿著酒瓶和酒杯，搖頭晃腦，蹣跚的走過來，濃濃的酒精味瞬間襲來。

「阿弘啊……難得……你到台南來玩……來……周伯伯敬你一杯……歡迎歡迎……」周伯伯說著，把裝滿酒的杯子放在阿弘面前，自己卻舉高瓶子說：「乾杯……我們乾杯……」

「爸！你在幹什麼？開始發酒瘋啦！」惠貞姐站起來阻止。

阿弘有點尷尬，又有點害怕，只能憨憨笑著，不知怎麼才好。一旁有兩個客人，看情況怪異，便草草吃兩口，說要改成外帶。

惠貞姐過去處理，周伯伯卻趁機拿起桌上的酒杯，逼到阿弘鼻子前，高聲說：「喝啦！少年耶……不喝就是不給周伯伯面子喔……」

「不行啦！我不會喝……」阿弘連忙揮手推辭，身子往後退縮。

一霎時，他看見奇怪的東西，嚇了一跳。

阿弘以為自己眼花了，揉揉眼睛，仔細再看清楚。沒錯，他看見周伯伯拿著酒杯的左手，居然缺了小指頭。

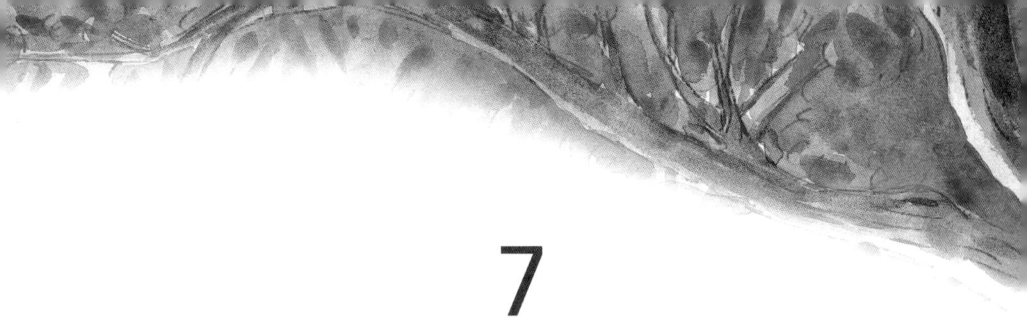

7 可怕的討債人

阿弘向後退，撞倒一把椅子。惠貞姐忙著幫客人包東西，頻頻轉頭過來說：「阿爸，阿弘還是個孩子，不要嚇壞人家。」

「我一個人……喝酒……多無聊啊……阿毅又不陪我喝……」周伯伯的手亂揮，滿嘴的酒氣往空中噴灑。

剛毅哥過來拉住他，說：「阿伯，你喝醉了，這樣不好看啦！」

「放開我……我沒醉……沒醉……」周伯伯扭動身軀，大叫。「放開我……我警告你……不要拉我……不然……」

惠貞姐忙靠過來幫忙拉人，不理他亂叫，兩人合力把他拉回座位。

周伯伯氣呼呼的叫說：「好啊……你這個不孝的……竟然聯合外人來欺負我……不要以為……我會讓你們結婚……結婚……別想……」

惠貞姐臉上有氣，卻不再回應他，剛毅哥無奈的搖頭嘆息。

「惠貞姐。」阿弘在惠貞姐的耳邊小聲說。「怎麼辦？他不讓你們結婚耶！」

惠貞姐苦笑說：「你不用擔心，我爸喝醉酒就是這樣，亂講話來威脅別人。等他醒了就好了，自己說過什麼都記不得，不要理他。」

沒人理他，周伯伯無人可鬧，因而多喝了兩杯，很快就醉倒趴在桌上。

「呵！總算天下太平。」惠貞姐苦笑。

剛毅哥說：「再這樣下去，生意都不用做了。」

阿弘問說：「周伯伯怎麼會這樣？周媽媽呢？怎麼沒看到她。」

惠貞姐抬起頭，輕輕的說：「我媽受不了我爸爸的脾氣，已經跟我爸離婚了，她現在住在台北。」

「啊！離婚了，怎麼會這樣？」阿弘很驚訝。

剛毅哥憋著一股氣，瞬間爆出來說：「你看，你找我來幫忙看店，他就樂得輕鬆，開始喝酒。我如果不順他的意，他就威脅不讓我跟你結婚，再這樣下去，我也會受不了。」

剛毅哥太激動了，音量不小，惠貞姐看看左右，拉住他的手說：「現在不要講這些，你想再把客人嚇走啊！」

她勉強恢復笑容，對阿弘說：「沒事了，沒事了，你肚子還餓嗎？想不想吃別的東西？」

阿弘說：「早就很飽了。」

「那你坐一下，我去洗碗。」惠貞姐說。

「我幫你洗。」阿弘挽起袖子。

「好啊！」惠貞姐開心的微笑。

阿弘原本是為了散心而來，惠貞姐不願意讓他煩心，因此不再提剛才的事。即使阿弘想問，她也轉移話題，跟阿弘聊學校的趣事。

夜市人潮依然洶湧，但當歸土虱的客人越來越少，十二點過，惠貞開始收拾攤位。

忽然，有兩個粗壯的中年男子踱著外八字走進來，一個理平頭嚼檳榔手扠腰，一個戴金項鍊，身上刺青，手拿一張紙。

「很抱歉，我們已經收攤了。」惠貞姐以為是客人，點頭客氣的說。

「周建民呢？」來人口氣凶惡的喊著。「叫周建民出來！」

「抱歉，我爸爸喝醉酒了，在這裡睡覺。」惠貞姐溫和的笑說。「請問客人，找他有什麼事嗎？」

平頭男說：「睡覺？這麼好命啊！叫他起來！這條帳一定要馬上處理。」

「阿爸，起來，有人找你。」

惠貞姐搖周伯伯，阿弘也過去幫忙，搖了一會兒，仍是爛醉如泥。

周
土虱
土虱

「不會是在這邊裝死吧！」戴金項鍊的人一說完，舉起一把椅子就往地上砸下去。

「砰——」

大家都嚇了一跳，但周伯伯仍然毫無知覺。

剛毅哥握著拳頭，挺過來說：「幹什麼？怎麼亂砸東西？」

平頭男冷笑說：「哼！哼！如果不還錢來，我們不只砸一把椅子，還要把你的招牌都拆了。」

「什麼錢？」惠貞姐驚訝的問。

「你老爸兩個禮拜前去我們那兒簽六合彩，欠了六萬多塊，講好上禮拜五要還，結果拖到現在。我看他是一點誠意都沒有，今天如果不還，我只好拆你的招牌來抵債。」戴金鍊子的說。

惠貞姐氣極了，對著周伯伯大叫說：「阿爸，你怎麼又去賭錢了？以前的賭債害你還不夠多嗎？我真是會被你氣死啊！」

她對兩位男子說：「簽單給我看。」

戴金鍊子的秀出簽單，上頭果然有周伯伯的簽名。

惠貞姐臉色一沉，說：「我阿爸喝醉了，現在沒法處理，你們明天再來找他好了。」

「不行！跑這麼一趟，不能白來，今天就要有個交代，要不然別怪我們不客氣了。」平頭男威脅說。

剛毅哥說：「欠錢的是周建民，你們等他醒來跟他要，不要鬧事。」

平頭男哈哈大笑，說：「我看直接把他打醒，叫他把錢吐出來。」

說完，就上前捉起周伯伯的衣領，作勢要從頭打下去。

惠貞姐一驚，連忙上前抓住對方的手，剛毅和阿弘也來幫忙，而戴金項鍊的人見夥伴屈居弱勢，也上前助陣。一陣拉扯之後，周伯伯被擠得摔到地上，剛毅哥的衣服也被扯破了。

平頭男趁機朝周伯伯的肚子踢下去，周伯伯慘叫一聲。

「爸——」惠貞姐心疼的大叫，忙蹲下去察看。

周伯伯迷濛著雙眼，唉唉喊疼，惠貞姐又站起來說：「不要再打了，我們還錢。」

戴金鍊子的吸口氣，抬起下巴說：「對嘛！早這麼說不就好了嘛！」

「不過！」惠貞姐低頭，為難的說。「我只有一萬多的存款，明天先還你們，剩下的以後再還，好嗎？」

「好！有你這句話就夠了。明天我們再來拿錢，剩下的限你在一個月內還清。」戴金鍊子的說。「明天我會帶很多人來，你最好不要耍我，要不然……哼！哼！」

兩人撂下狠話，揚長而去。

惠貞姐呆呆的坐在椅子上，剛毅哥過去抱住她，她便不停的哭泣。阿弘看了好難過，可是他不知該如何安慰惠貞姐，也不知自己能做什麼來幫助她。他只好去扶周伯伯，但心裡卻一直生氣的怪罪他。

根本沒心情做生意了，惠貞姐跟剛毅哥一起收拾東西，把剩下的土虱冰入冰箱，鎖上鐵鍊。

剛毅哥去停車場把周伯伯的車開過來，扶周伯伯上車，他依然睡得很沉。惠貞姐騎上摩托車，載阿弘跟在後面。

熱鬧的夜市依舊人聲鼎沸，璀璨的燈光映照黑幕，逛街的人群，吃的吃，玩的玩，好一幅太平盛世的景象，但先行離開的人兒心中卻在無聲的啜泣。

到了家，先扶周伯伯去房間睡覺。大家一起卸貨之後，惠貞姐叫阿弘在客廳坐一下，看看電視，剛毅哥又載惠貞姐去夜市，好讓剛毅哥去騎他的機車回他家去。

阿弘環顧惠貞姐家，三房兩廳的小公寓頗為儉樸，沒有裝潢，只有簡單的家具，桌上有幾張還沒繳的水電費帳單。沙發上凌亂的丟了一些衣服，地上有垃圾沒清，想必是惠貞姐忙於生計，鮮少有空整理吧！

他又偷偷進周伯伯房間，偷看周伯伯的左手。那少了小指的手掌正壓在額頭上，隨著呼吸規律的震動著，叫人不禁想像有什麼神祕而不可告人的往事。床頭櫃有個相框，裡面是周伯伯和周媽媽的結婚照，但框上的玻璃碎裂，一部分還掉在外面。

聽到外面有開門聲，阿弘趕緊回到客廳，果然是惠貞姐回來了。

惠貞姐說：「阿弘，洗個澡睡覺了。」

阿弘點點頭卻說：「惠貞姐，我有個疑問一直想問，可是又不知道該不該問。」

惠貞姐微微一笑說：「沒關係，想問就問吧！」

「那個……」阿弘猶豫了一會兒，還是說了。「周伯伯的小指頭，怎麼會斷掉啊？」

「呵！我就知道你會問這件事。」惠貞姐疲憊的坐下來。「我一直不願影響你的心情，不想講這些難過的往事，不過既然你問了，我就告訴你吧！」

「惠貞姐……」聽起來，阿弘覺得自己好像不該問的。

「沒關係，你聽我說。」惠貞姐說。「我爸爸以前在柴山當廚師，負責熱炒，生意興隆，生活得很不錯，但是後來我爸爸迷上六合彩，欠下一百多萬的債務。他先還了一些錢，其他的慢慢按月攤還，經過這件事，他覺得沒臉待在柴山，只好搬到台南。」

「這事我都知道。」阿弘點頭。

「我爸並沒有因此學到教訓，還是會偷偷去玩六合彩，結果賺的錢不夠還前債，後債又來了，爸媽為了這些事常常吵架。」惠貞姐吸口氣，望著天花板。「後來，天天有人上門來討債，媽媽不勝其擾，想離婚。我爸不想離婚，發誓不再玩六合彩。可是不久，他又偷偷去玩，我媽感到很絕望，兩人又大吵一架。」

「然後呢？」

「唉！我爸為了證明自己戒賭的決心，激動之下，竟拿菜刀剁下自己的小指，把我媽嚇壞了。」

「天哪！不會吧！」阿弘張大嘴，用手摀著。

「但即使如此，他還是沒改，賭個沒完。媽媽傷心之餘就真的跟爸爸離婚了，我爸非常難過，因為他很依賴我媽，不能沒有她。從此以後，爸爸意志消沉，不再賣又忙又累的熱炒，改賣當歸土虱，大大的煮一鍋來賣，比較省事。」惠貞姐眼眶泛著淚光。「原本生意還可以，但我爸常常情緒低落，借酒澆愁，生意就一落千丈了。他已經很久沒玩六合彩了，沒想到最近又開始了，我真不知道該怎麼辦才好。」

惠貞姐說完，忍不住啜泣起來。

「惠貞姐，你不要難過，不要難過啦……」

阿弘心中很慌亂，他很想幫惠貞姐，卻是無能為力。

惠貞姐深深的吸一口氣，擦去眼淚，說：「如果這筆錢我爸還不出來，那麼我也只好再下海跳脫衣舞了。」

「那怎麼行！」阿弘堅定的大叫一聲。

一整晚，阿弘躺在床上，卻是輾轉難眠，心裡一直反覆迴盪著一句話：「如果有錢能幫惠貞姐就好了……如果有錢能幫惠貞姐就好了……」

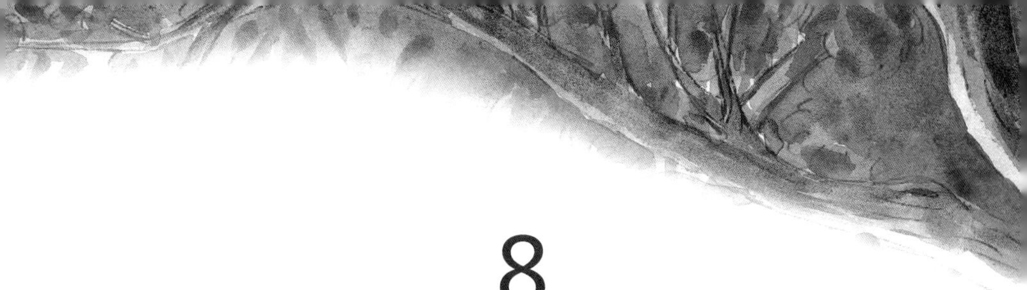

8 五月的肉粽——同一掛的

第二天晚上回到家，阿弘硬著頭皮跟爸爸說：「爸，我想跟你學炒飯，教我，好不好？」

爸爸嘆口氣，說：「唉！一會兒說不學，一會兒又說要學，做事反反覆覆，如果教你，我怎麼知道什麼時候又說不學了。」

阿弘舉手說：「我發誓，我一定會認真學，絕不反悔。」

「哦！」爸爸從沙發上挺起身，轉頭看他，驚訝的說：「為什麼變這麼快？你昨晚去台南，是惠貞跟你說了什麼嗎？」

「惠貞姐是有叫我不要在意比賽的輸贏，不過我現在想學炒飯，卻是一定要贏得冠軍。」阿弘堅定的說。

「為什麼？」爸爸越來越好奇了，索性關掉電視。

「因為，我要贏得二十萬獎金，去幫助惠貞姐。」

「啊！她怎麼了？」媽媽擔心的問。

阿弘把昨晚的所見所聞全說出來，說到氣憤處真是慷慨激昂，義憤填膺。

媽媽說：「我想，你並沒有搞清楚，可惡的不是那兩個討債的人，而是惠貞的爸爸。你這一回幫惠貞還了錢，她爸爸闖了禍，有人幫他擦屁股，他不會有警惕的啊！如果他沒改，還會有下一次啊！」

阿弘焦急的說：「可是一個月後如果還不出錢，惠貞姐又得去跳脫衣舞，幫忙還錢了，那很可憐的。」

「阿弘，你對朋友這麼有義氣，爸爸非常高興，不過你媽媽說的也很有道理。」爸爸思索了一會兒。「我想……嗯……如果，如果小周願意教你炒飯的話，那就另當別論了。」

「小周?小周是誰?」阿弘沒聽過這號人物。

「就是你的周伯伯，惠貞的爸爸。」爸爸說。

「爸，你不願意教我嗎?」阿弘不懂。

「不是爸爸不教你，我教你的話，你是得不到冠軍的。」

「為什麼？你是那麼有名的總鋪師，你那麼會辦桌是大家公認的啊！」阿弘歪著頭，一臉迷惑。

爸媽對看一眼，會意的笑笑。

爸爸解釋說：「那你就不懂了。炒飯和辦桌菜不同，那是用小鍋子大火熱炒，一次的分量頂多三、四人份。辦桌菜哪有這麼少？一次要準備的都是上百人份，如果用小鍋子來做，要做到什麼時候？客人吃到菜時，搞不好菜都涼了。當然要用大鍋來炒，一次完成。」

媽媽接著說：「大鍋的火候和小鍋不同，技術也就不同，我們習慣的是大鍋的作法，因此跟那些天天做熱炒的人比炒飯，你爸爸很難贏的。」

「哦！原來是這樣。」阿弘驚訝的點點頭。

「你周伯伯以前在土雞城做熱炒，生意非常好，因為他拋鍋翻炒的速度非常快，客人點了菜，不必等上兩分鐘，菜就好了，又香又脆。」爸爸又說：「一般人炒空心菜，火候難掌握，菜色總會發黑。他炒的卻是無比翠綠，青菜來不及變色，瞬間就熟了，吃起來清脆爽口，不油不膩。就因為他的火很大，手很快，因此人家稱他『火箭快炒手——小周』。」

「哇！火箭快炒手！」阿弘的腦袋裡忽然出現一具噴著熊熊火焰的火箭，感覺真是新奇有趣。「真厲害啊！」

「如果他不迷上六合彩的話，早就不知要買幾棟透天厝了。以前柴山土雞城裡面，他們家的生意最好了，尤其假日的時候，客人都還要領號碼牌排隊呢！」媽媽補充說。「不過跟他現在賣當歸土虱來比，熱炒當然是累多了。當歸土虱只要先把土虱煮好一大鍋，就可以慢慢賣了，不像熱炒，生意好時要一直翻炒，連續幾個小時下來，手又痠又痛的。」

「可是，周伯伯又怎麼會願意教我呢？」阿弘問。

「呵呵！你放心，他不會白白教你的。你只要提到獎金，並且答應他的條件，以我對他的了解，我相信他一定會教你的。」爸爸的表情輕鬆起來，好像在談論一位最「麻吉」的老朋友。

「你怎麼這麼有把握啊？」阿弘不放心。

「唉呀！」媽媽高聲大叫。「你忘了嗎？你爸以前也是大家樂迷啊！六合彩出現之前，你爸跟他常常相邀，到什麼樹王公、石頭公、十八王公、萬善堂去求籤詩，逼明牌，賭到昏天暗地的。這叫做『五月的肉粽——同一掛的』，哈！哈！」

「嗯？」爸爸吃了悶虧，只能暗暗苦笑。

於是阿弘接受爸爸的建議，第二天早上，他向學校請了事假，又跑到台南找周伯伯。他先打手機給惠貞姐說明來意，又問清地址，到了台南市就搭計程車過去。

來到周伯伯家，阿弘很有禮貌的問候。「周伯伯好。」

「咦！阿弘？你不是回家了嗎？怎麼還在這裡？」

周伯伯清醒時，看起來動作俐落多了，臉不紅，氣不喘，表情也溫和不少，但仍讓人感到有遠遠的距離。

周伯伯說：「你要找惠貞嗎？她去上班了，五點才下班。」

「不，我是專程來找你的。」阿弘跟著進屋子。

「找我？」周伯伯停下腳步。「不會吧？」

「是的，我是來找你的，火箭快炒手——小周。」阿弘得意的說。

「哼！什麼火箭快炒手？他已經死了。現在這裡已經沒人在炒東西了，我賣的是當歸土虱。」

周伯伯口氣酸薄，竟然咒自己死。阿弘愣了一下，又說：「你就是火箭快炒手小周，我爸爸都告訴我了。」

「那又怎麼樣？你找他做什麼？」

「我想請你教我炒飯，我參加了台灣炒飯王比賽，結果初賽時就輸了，淪入敗部。拜託你教我炒飯，兩個禮拜後就要複賽了，我一定要贏。我爸爸說你的熱炒非常厲害，人稱火箭快炒手呢！」阿弘說。

「你要比賽，那是你的事，跟我什麼相干？我要做生意，沒空跟你瞎扯。」周伯伯揮揮手。「你爸爸在辦桌，你跟他學不就好了。」

「我爸爸說你比他還要厲害，如果要贏得比賽，非要找你學不可。」

「哦！」周伯伯頗驚訝。「他真的這麼說？」

「真的。」

「就算是這樣，你憑什麼要我教你？我有什麼好處啊？」

阿弘熱切的說：「第一名可以獲得高達二十萬元的獎金，如果我得到這些錢，我就可以幫……」

「什麼？二十萬元？那我去參加就好了，這麼『好康』的事，怎麼不早點告訴我？」

「不行啦！比賽有規定，要未滿二十五歲的人才能參加。」

「喔！我今年都四十九歲了，哈！」周伯伯又說。「很簡單，一句話，如果我教你，幫你贏得冠軍，那麼獎牌給你，獎金給我。你看怎麼樣？」

這番話明眼人一聽，也知道是故意刁難，好讓阿弘打退堂鼓。但阿弘原本就想幫惠貞姐，並不在乎獎金，更何況天下沒有白吃的午餐，拜師學藝本來就需要繳學費。他又想到爸爸說的，只要答應周伯伯的條件，周伯伯就會教他炒飯，於是他說：「好，沒問題。」

「什麼？你這個傻瓜，這樣你也願意啊？」周伯伯摸摸下巴，想了一會兒。「冰箱裡有米、蛋、火腿和菜，你就到廚房煮一鍋飯，炒給我看。」

周伯伯說完，往後走去，到浴室處理土虱。「你弄好之後再叫我。」

阿弘興奮的翻冰箱，找出所需的材料，兩人各自忙起自己的事。半個多鐘頭過去，阿弘炒好一盤火腿蛋炒飯，叫周伯伯來驗收。

周伯伯沒有試吃，單單看一看，再把鼻子湊前聞一聞，然後搖頭說：「難怪你會輸，這炒飯不香，賣相也不好，看了就沒胃口。算了吧！你還是回家好了，你的程度差太遠了。」

阿弘沒想到周伯伯會這樣說，可是他不甘心。「我可以改，只要你教我，我會學起來的。」

周伯伯搖頭說：「炒飯最基本的功夫是冷飯、熱油和拋鍋翻炒，這三樣你都不及格，光重視配料和調味，這飯吃起來還是會黏呼呼的。算了，你不要學了，差太遠了。」

「這就是我要向你學習的地方啊！」阿弘急切的說。「你如果不教我祕訣，我就繼續炒，直到你說可以為止。」

「哦！你這固執的個性，跟你爸爸還真像。我家可沒有那麼多米，可以讓你煮著玩。」

「沒關係，我有帶錢來，我去買米。」

阿弘摸摸口袋，往外走去。

「等一下，我答應教你。反正我沒有損失，萬一不小心讓你贏得冠軍的話，我還能賺到二十萬，有什麼不好呢？」

「真的？太好了，謝謝周伯伯。」阿弘欣喜若狂，但想想還有些不妥，又說。「可是我也要你答應我一個條件。」

「什麼？你也有條件嗎？說吧！」周伯伯好奇的揚起眉毛。

「那二十萬我要交給惠貞姐保管。」

「為什麼？」

「如果你拿去了，我怕你又拿去賭六合彩，把錢花光光。」

「什麼？你怎麼知道？」

「前天晚上人家來討債，我都看到了。」

「那是我的事，你未免管太多了吧！」

阿弘看準周伯伯很想要這筆錢，於是擺高姿態，說：「你不答應的話也沒關係，那我不學了，現在就回去學校上課。」

「呵呵！跟我來這一套。」周伯伯拍拍阿弘的肩膀。「你小子很有個性，我喜歡。好，我就答應你。」

「一言為定？」

「一言為定。」

周伯伯鄭重的點點頭，兩人擊掌為誓，皆大歡喜。

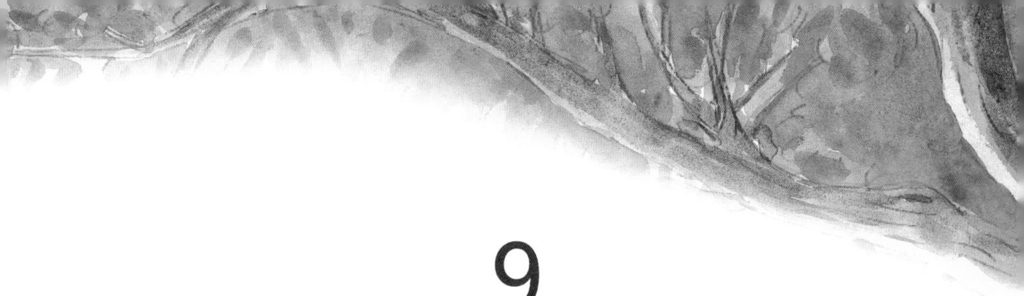

9

火箭快炒手小周

「我來示範一次給你看。」周伯伯說。

冰箱裡的東西都用得差不多了，他開菜單叫阿弘到附近市場去買。

周伯伯不愧是老手，將火腿、洋蔥、紅蘿蔔切丁，將青蔥切珠，不僅速度快，而且大小均等，形狀一致，像機器完成的一般。

電鍋起跳之後五分鐘，周伯伯戴上布手套，將熱騰騰的白飯倒在淺盤上，拿到電扇下吹涼。阿弘興奮的說：「啊！我看過，比賽的時候很多人都這樣做，到底是為什麼？」

周伯伯看看他說：「剛炊好的飯水氣飽滿，溫度又高，溼溼軟軟的，如果直接下鍋去炒，會黏糊在一起，炒不開，很難吃。」

阿弘回想自己的作品，原來少了這個步驟，難怪總是失敗。

周伯伯又說：「這冷飯是基礎，飯不冷，就算技術再好，也炒不出好口感。有的人甚至把飯放到冰箱中冷藏，讓表面乾燥凝結，那樣效果更好。」

阿弘認真的點點頭。

周伯伯舉起炒飯的小鐵鍋，移到一旁煮土虱用的大爐上，說：「再來是熱油。油要熱，火就必須很大，因此一般家庭用的瓦斯爐是不夠力的，必須這種煮大鍋子用的多嘴火爐才行。」

大火一點燃，就聽見爐嘴呼呼的噴射出強勁的瓦斯氣流，在空中舞出一尺多高絢爛迷人的藍色火焰，有如火龍張口，發怒示威。整個廚房一時如闖進一個大太陽，溫熱光彩，無法逼視，阿弘的血液跟著沸騰了。

「先將鍋子空燒，冒出白煙時，表示鍋子熱透了，這時才可以倒油。」

周伯伯將油舀入，瞬間油煙竄起，阿弘忍不住咳了一下。回頭再看時，打好的雞蛋已經躺進鍋裡，吱吱的冒泡了，一股熟成的蛋香溢入空中。周伯伯說：「從現在開始，就是鍋和杓的功夫囉！」

他急速將蛋炒碎，大約七分熟就起鍋，再淋一點油進去，炒起配料。那杓子飛也似的在鍋中推拉繞圈，各色配料不分你我的混在一塊兒，跳起雜燴舞。

大火將火腿的煙燻味和菜蔬的鮮甜提煉出來，此刻，炒好的蛋花也加入旋舞的行列。金黃的顏色增添貴氣，並且在個性迥異的菜蔬和肉類之間搭起友誼的橋梁，融合成一股協調醇厚的新香氣。

「好的熱炒，仰賴的是一股高貴的『鍋氣』，它不像燒烤有焦苦味，也不像油炸有黏膩感，而是在食材熟透未焦之前，將它們的真實風味完全逼發出來。」周伯伯解說完，轉頭大喝一聲。「阿弘，拿飯過來，倒進去！」

阿弘聽令行事。食材裡加入白色的生力軍，頓時熱鬧不已，黑鍋為底，襯托出紅、褐、黃、白、綠五色美豔動人的光彩。

周伯伯額頭冒汗，興奮起來，嚷說：「再來就是真功夫——拋鍋囉！注意看！」

只見鍋起杓落，周伯伯雙手搭配運作，米飯和配料開始不停的在空中翻滾，像是跳著最熱門的勁舞，又像是服了什麼興奮劑，躁動不止。

「看好了，左手握緊鍋柄，往前又往上的推動，再瞬間拉回來，一放一收，一重一輕，不停來回。注意！右手的杓子不是用來攪拌的，而是輕輕壓在飯團上，將飯粒鬆開，如果用力攪拌的話，飯就會破碎糊掉，變成黏

黏的。」周伯伯秀著以往最拿手的絕活，說得極為亢奮，似乎要傾畢生所學全教給阿弘。「攪拌的功夫完全是靠拋鍋來執行，讓飯和配料自然的在空中混合，這樣一來，飯粒就會顆顆分明，乾爽有彈性。」

接下來是調味。周伯伯將爐火調到最大，在鍋邊淋下醬油，快速拋鍋翻炒一番，最後灑上胡椒粉提香。他說：「炒飯口感首重『乾爽』，千萬記得，只要是有水分的東西加入，就要用大火把『水氣』燒乾掉，否則飯粒吸了溼氣，就會回軟，甚至糊化，失去彈性。」

熄了火，盛上盤子，精彩的表演結束了，阿弘看看時間，竟不到三分鐘。這盤火腿蛋炒飯，騰起白色的香氣，直往人鼻子鑽。不論米飯或配料都裹上一層金光，而且飯粒毫無結塊，粒粒清晰，醬油也均勻上色，加上五彩繽紛的配料，更是香豔誘人。

阿弘吃一口，一股濃濃的菜肉香在舌中化開，火腿和紅蘿蔔脆，蛋花和青蔥香，洋蔥和米飯清甜。咀嚼兩口，發現飯粒像圓珠子在口腔中上下左右滾動，又Q又滑，爽口極了。

「好了，換你練習了。」周伯伯又下令。

阿弘走到流理台切材料，然後熱鍋，倒油，炒蛋，炒配料，步驟都和周伯伯一樣，火開得夠大，杓子揮得夠快，因此飄出來的香氣也差不多。

然而白飯加入之後，順利的流程全變了樣。

阿弘想拋鍋，左手舉起鍋子，卻感到有千斤般重。他和普通人一樣慣用右手，左手本來就比較沒力氣，況且他還是個半大不小的孩子，人還沒長高，肉還沒長齊。

鍋子剛舉起就傾斜，還掉落火爐上，他一急，放下杓子，兩手來舉，總算平穩許多。正想拋鍋，周伯伯大喝一聲：「慢著！」

阿弘滿身大汗，愣愣的望著他。

「你這只有拋鍋，飯粒怎麼會散呢？沒有散開的話，又怎麼混合均勻呢？你要給客人吃飯團嗎？」

阿弘知道自己不對，急忙又將杓子拿起，快快的壓散結團的飯，速速翻炒，至於拋鍋，就心虛的跳過了。

周伯伯雙手抱胸，站著三七步，表情頗無奈。「你等著看吧！沒有拋鍋，跟你之前炒的就差不多，不會進步的。唉！看來，這二十萬要白白送給別人囉！」

聽到這番刺激的話，阿弘的心裡真難過。

「我跟你講，你先回家去練臂力，練拋鍋。如果能左右手都練，那是更好，瘦了累了，可以交互替換。等你練好了再來找我，畢竟你已經有一些料理的基礎，除了拋鍋，其他步驟你都做得不錯。」

周伯伯這話，聽起來又像是鼓勵，阿弘稍稍感到安慰。再想到惠貞姐，阿弘心裡就大聲吶喊：「我不能認輸，我一定要成功，一定要成功……。」

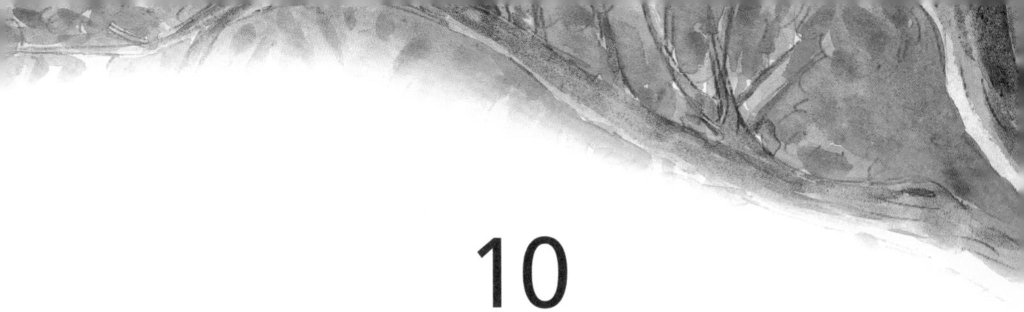

10 艱難的拋鍋技巧

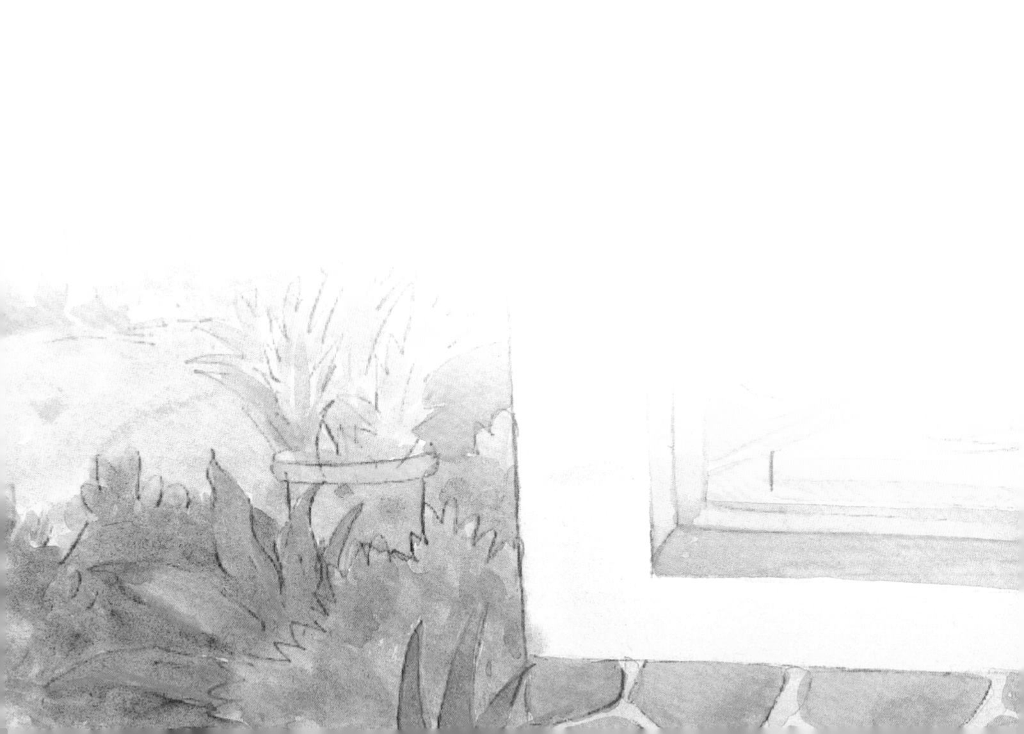

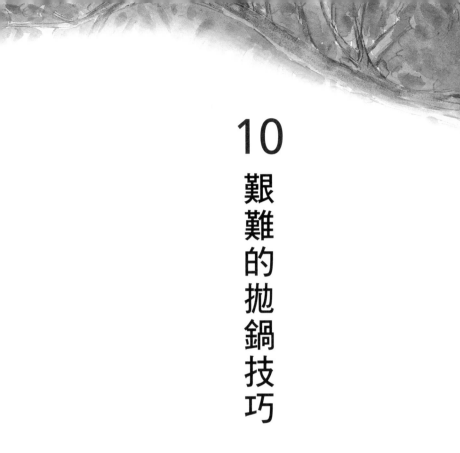

告別周伯伯，回到高雄，阿弘跑去大賣場買了一副啞鈴，好練舉重。為了練拋鍋，他在鐵鍋裡裝半滿的白米，開始練習，可是翻來覆去的，米總是灑了一地。

看這樣不是辦法，想了一會兒之後，他退而求其次，先練習不會灑出來的東西，於是拿兩條沾溼的毛巾放進鐵鍋，果然可以安穩的練習。

練了一個下午，兩條手臂和手腕都是又痠又痛，指頭還會有麻痺感。

傍晚時爸媽回家，看他勤奮的模樣，都很驚喜。

媽媽說：「你周伯伯答應教你了？」

「對啊！」阿弘笑著點頭。

爸爸癟癟嘴，說：「他一定有條件的，說。」

「條件很簡單啊！就是我贏得比賽的話，獎金給他，獎牌給我，就這樣。」阿弘天真的說。

「什麼？」爸媽異口同聲大叫。

媽媽躁動起來：「你這個呆瓜，二十萬耶！我們要辦桌好幾次，忙得骨頭快散了，才能賺到那麼多錢，你居然就送給他。」

「沒關係啊！還有獎牌。」阿弘說。

「傻瓜，那個只是獎牌，銅做的獎牌，不是金牌啊！你以為是金牌啊！」媽媽又急著說。

「那也沒關係啊！當作紀念品嘛！」阿弘不在乎的說。

「好，好，好，你高興就好。」媽媽無奈的聳聳肩膀，卻又不甘心的轉頭對爸爸說：「唉！我怎麼會生出這種小呆瓜，都是遺傳到你啦！」

爸爸暗暗吞了口水，嘆口氣才說：「這個小周，真是想錢想瘋了，對一個孩子也這麼嚴苛。算了，這樣也好，社會百態，提早見見世面也好。」

爸爸看他一直按手臂喊疼，好心去買痠痛貼布給他貼，媽媽還幫他揉一揉，按摩一番。晚餐時，爸爸燉了一隻老母雞給他進補，說是吃肉才會長肉，要多補充蛋白質。

晚餐之後，阿弘接到惠貞姐打來的電話。

「阿弘，我爸說如果你贏得第一名，要把獎金二十萬給他，這是真的嗎？」惠貞姐口氣顯得焦躁。

「是真的，我們是這樣約好的。」

「噢！你知道嗎？我已經罵我爸爸了，怎麼可以開出這麼無理的條件。阿弘，你也真是的，你又幹嘛答應他呢？贏了獎金，當作獎學金也好，當作零用錢也好，都好過給我爸拿去亂賭博。」

「你放心，我們的第二項約定是，獎金交由你保管，他拿不到的。」

「阿弘，也不該是這樣啊！你有幫我的心意，我已經很感激了，怎麼能拿你的錢呢？」

「惠貞姐，既然約好了，就不能反悔。我希望你能為我加油。」

「我當然為你加油，可是這錢還是不能跟你拿啊！」

「唉呀！我都還沒學會拋鍋，搞不好複賽時就被刷下來了，現在講這些都是言之過早。」

「好吧！無論如何，惠貞姐雖然不能去看你比賽，但是心中都為你加油。」

「謝謝惠貞姐。」

隔天上學，大熱天裡，阿弘兩條手臂白花花的貼滿貼布，好像穿了一件長袖內衣，同學見了，都覺得好笑。他謊稱是為了健美而練舉重，姜曉萱怪他太重視外表，林友智則是用佩服的目光，誇他有種。

下課時間，他獨自跑到操場邊拉單槓，王大衛跑過來問他：「阿弘，你現在練得怎麼樣？看你的樣子，好像很辛苦。」

「當然辛苦。啊！對了！我昨天去台南學炒飯，炒了好幾盤，忘了帶回來給你吃，真是抱歉。我師父火箭快炒手小周，炒的飯超級好吃喔！」

「唉呀！你討厭啦！那麼好吃的東西，也不包回來給我吃，還故意講給我聽，真是可惡！不行，你要補償我。」王大衛手扠腰，就像個討債人。

「好啦！好啦！過幾天，等我練好了，一定叫你來吃。」

「我要吃火箭快炒手那種水準的。」

「那是當然！」

回家之後，阿弘又努力練習。

練了兩天，鍋子不再翻覆，甚至也不傾斜了，他再改用白米來拋。

生的白米毫無黏性，非常容易滾動，卻是極佳的練習材料，只要白米不落到鍋子外面，料想炒飯時也不會失誤。只不過練習那麼久，左手長時間承受重物，手腕又痠又痛，還腫起來。媽媽要阿弘稍微休息兩天，阿弘卻不肯，加貼痠痛貼布，咬緊牙關，繼續拋鍋。

又練了兩天，白米都安穩的在鍋中翻舞，不會掉出去，阿弘開心極了。

禮拜六上午，阿弘又到台南去，找周伯伯驗收成果。惠貞姐要加班不在家，只有周伯伯一人。

阿弘謹慎的炒了一盤火腿蛋炒飯，拋鍋翻炒，注意火候，不僅將材料炒得均勻，而且操作得十分穩當。

周伯伯說：「啊！不簡單，短短一個禮拜能有這麼大的進步，想必花了很多時間練習。接下來，還要加強速度，並且注意杓子落在白飯上的輕重，就及格了。」

阿弘高興的點點頭，說：「我會加緊練習的。」

「可是，我覺得很奇怪。」周伯伯看阿弘雙手貼滿痠痛貼布，歪著脖子說。「你只是國中生，爸爸是有名的辦桌總鋪師，又不缺錢，為什麼要參加比賽？更何況我們講好的，如果得到冠軍，你拿獎牌，我拿二十萬獎金，你沒有什麼好處啊！幹嘛這麼拚命呢？難道你那麼愛出名嗎？」

「我才不是想出名呢！」阿弘拿紙巾擦擦手。「我只是不希望惠貞姐再去跳脫衣舞。」

「什麼？」

「如果你沒錢可以還人家，惠貞姐又會去跳脫衣舞幫你還錢。」

周伯伯聽了不高興，拉下臉說：「我自己的事，我自己會處理，不用女兒幫我還錢。」

「可是，她以前不就是這樣嗎？她已經幫你還了那麼多錢了，你難道不能像我爸爸一樣戒賭嗎？我不能讓惠貞姐……」

「大人的事，小孩不用管。你是什麼東西，竟敢管到我的頭上來，跑來跟我說教？」

「還有周媽媽，也是因為你好賭才離開的……」

「閉嘴！」周伯伯惱羞成怒，大發雷霆。「你給我滾出去，你給我滾，我不想再看到你，你給我滾……」

周伯伯大聲咆哮，阿弘嚇了一大跳，只好無奈的走出屋子。

「砰——砰——」周伯伯氣得在屋子裡摔鍋子，砸盤子，阿弘更不敢走進去了。

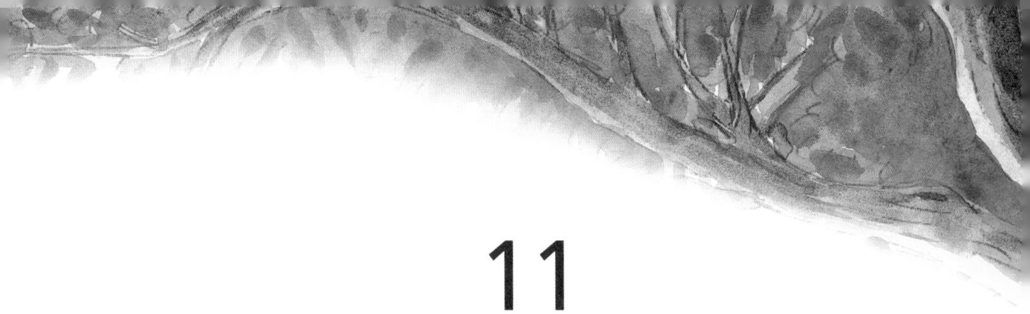

11
摩天輪下的敗部冠軍賽

為了擴大推廣米食文化，鼓勵國人多多食用台灣良質米，「台灣炒飯王比賽」的主辦單位將複賽地點移到高雄港邊的「夢時代購物中心」。這是全台灣最大的超大型國際購物中心，假日裡人山人海，有利於擴大宣傳的效果。

鯨魚外型的建築物在陽光下閃爍耀眼的藍色光芒，叫人看了就熱血澎湃。而比賽會場就設置在頂樓，人稱「高雄之眼」的Hello Kitty摩天輪下方。這座摩天輪極為高大，是台灣唯一可以同時欣賞海景和市景的摩天輪。

自從一個禮拜前被周伯伯趕出門之後，阿弘就沒有再到台南去了。雖然心情低落，但為了比賽，為了惠貞姐，他仍然每天勤練拋鍋，加快鍋杓的速度，盡量不受影響。

說實在的，阿弘並不討厭周伯伯，雖然他好賭，害惠貞姐去跳脫衣舞賺錢，也使得周伯母無奈的跟他離婚，但畢竟周伯伯是他的師父。那是除了爸媽之外，他的第一個師父。古話說：「一日為師，終身為父。」因此，算來，周伯伯應該跟自己的爸爸一樣親了。更何況他還是爸爸的老朋友，惠貞姐的父親，關係一層又一層，阿弘多麼希望他能重新振作啊！

就是這些念頭，讓阿弘耿耿於懷，害他上課不專心，睡也睡不好。不過，另外有個惱人的事足以和這件事匹敵，那就是複賽規定要炒出兩種炒飯。該炒什麼，才好互相搭配呢？這問題著實讓阿弘傷腦筋。

既然是兩種炒飯一起呈現，那麼配料、顏色、口味都要不一樣，最好是對比，卻又不能互相衝突，而且最重要的，必須有相輔相成的效果才好。

於是，他憑著拋鍋翻炒的基本功夫，參考食譜變換不同的材料，炒出枸杞雞肉炒飯、杏仁培根炒飯、松子香腸炒飯、什錦海鮮炒飯、雪裡紅炒飯、菠菜炒飯、番茄醬風味炒飯……。再按照每道炒飯的特色加以分析思考，是否有改良和混搭的可能。

這個星期來，王大衛真是開心至極，因為阿弘炒飯的功夫增進了，還炒出各式各樣的飯來，都是外面買不到的，其中，他最喜歡吃番茄醬風味炒飯。

「啊！這道飯不好做耶！番茄醬水分多，要開大火才能保持飯粒的乾爽，而且動作要快，免得炒焦黏鍋底。」阿弘說。

「我覺得番茄醬紅紅的，甜甜酸酸，又有一點鹹，好看又好吃。」

「嗯！紅紅的……配上蝦子熟透時的紅色，還不錯……嗯……像落日時的滿天紅霞……嘻嘻……」阿弘抱著胸，摸下巴，認真的聯想。

「嗯……我覺得雪裡紅炒飯也不錯，也是酸酸甜甜的，而且有蔬菜。我平常是不太喜歡吃青菜，粗粗澀澀的，可是切成細細碎碎的，炒成這樣，我就敢吃了。」

「嗯……好，可是雪裡紅是醃漬的蔬菜，聽說醃漬的東西吃多了對身體不好……但是蔬菜很重要，有纖維質……」

就這樣，炒炒吃吃，問問答答，一個禮拜過去了，經過不斷的組合試驗，阿弘調整食譜裡的材料配方，終於決定要做哪兩道炒飯了。

複賽的第二天是黃曆的好日子，爸爸接了一筆大生意——左營蓮池潭邊有人要娶媳婦，辦了六十桌。爸媽要去客人家商量菜單和辦桌的細節，沒辦法陪阿弘去比賽。阿弘只好將炒飯的材料、模具和特大的青瓷圓盤放進大背包，騎上腳踏車，獨自赴賽。

到達「夢時代購物中心」後，阿弘停好腳踏車，搭乘電梯直上頂樓。

主辦單位在這兒搭了好幾座遮陽棚，分為報到處、烹飪區、準備區和良質米推廣區。到處人擠人，他好不容易才到達報到處。

報到之後，阿弘環顧四周。雖然人潮帶來壓迫感，但最讓人感到威逼的，卻是來自身邊巨大摩天輪泰山壓頂的氣勢，給原本緊張的心情增加幾許壓力。

主辦單位的策略似乎頗為成功，良質米推廣區前擠滿了搶購小包裝良質米的人潮。還記得兩週前初賽時，同樣的攤位前門可羅雀，而今卻是門庭若市，賣米的商人走東忙西，嘴裡掩不住興奮笑滿懷。

主持人上場，公布說：「各位親愛的朋友，大家好，歡迎蒞臨『台灣炒飯王』比賽活動。本活動歷經兩週前的初賽，分出勝部和敗部兩組，今天將進行複賽，從勝部中選出前兩名，而從敗部之中選出敗部冠軍，一共三人進入決賽。」

一聽到敗部中只選出冠軍來晉級，阿弘不由得嚇出一身冷汗。

主持人又說：「現在開始，請敗部選手進入準備區，我們先從敗部開始比賽。」

阿弘聽了，趕忙進去洗米煮飯，切辦材料。

這一回比賽的計分方式和上次不同，不是用花朵，而是直接以分數呈現。評審共有五人，一人握有十分，因此參賽者最高分可得到五十分。

阿弘煮好飯之後，把熱氣搧去。趁空看看周邊的人，個個摩拳擦掌，似乎都是來雪恥的，阿弘更不敢掉以輕心了。

輪到阿弘上場，忽然聽到觀眾席中有人大叫：「阿弘加油！阿弘加油！」

他以為是太師父來了，很高興，但循著聲音的來處看去，卻看見周伯伯。竟然是周伯伯，他不是說以後都不想看見自己的嗎？阿弘感到非常驚喜，也非常感動。看來周伯伯不但不生氣了，還對他充滿信心呢！

阿弘精神大振，如同喝了滿滿一瓶提神飲料。大火一開，油鍋一熱，便以迅雷不及掩耳的速度炒起配料，很快的，加入白飯之後，又使出渾身解數，急速拋鍋翻炒。

他先炒出一盤「蝦仁花枝番茄醬炒飯」，然後洗淨鍋子，又炒出「嫩雞菠菜松子炒飯」。緊接著，拿出青瓷大圓盤和圓形模具，將兩種炒飯分別盛入模具中，再各自鋪滿剩餘的空間，成為紅綠兩色，緊緊纏繞的太極圖案。

報出菜名的時候，別人都是說出兩道炒飯的名稱，阿弘卻只簡單說了一句「西子灣」。

評審以為聽錯了，其中一個問說：「另一道的名稱呢？」

阿弘肯定的回答：「我把兩道炒飯組合在一起，成為一道套餐，就叫做『西子灣』。」

「哦！」評審發出疑惑的驚嘆，十隻眼睛互相對看，又轉下來，停在「西子灣」上面，顯然充滿好奇。

試吃之後，五張嘴巴交相在十隻耳朵間窸窸窣窣的討論著，阿弘豎起耳朵偷聽，怎麼也聽不到。但看見評審們忽而驚喜的眉開眼笑，忽而會意的鎖眉點頭，阿弘知道，他的創意已經獲得理解與認同了。

比賽完畢，緊接著是勝部的二十四位選手登場。阿弘原以為馬上就可以知道自己的成績，沒想到卻是要等全部的賽事都結束之後，才一起公布。

一下場，他立刻擠進人潮去找周伯伯，可是人不見了。阿弘東張西望，看了半晌，還是找不到，只好回到烹飪區前，觀摩勝部比賽者的廚藝。

猛火烈焰映照在他們臉上，參賽者個個滿面通紅，汗流浹背。只有饕餮村的師傅和別人不同，阿弘特別留意他，初賽時獲得滿分，這一回老神在在，優雅的拋鍋翻炒，一副勝券在握的樣子。

終於到了成績揭曉的時候，五位評審推派其中年長的主審擔任總講評。他接過麥克風，拿著成績單，先神祕兮兮的四下環顧一番。

「首先公布勝部的前兩名。第二名獲得四十九分，是『樂陶陶川菜館』的王佑家，他的作品是腰花麻辣炒飯和豆酥牛肚炒飯合組而成的鴛鴦炒飯套餐。他將兩種炒飯如同鴛鴦火鍋一般，放進深圓鍋的兩邊，一邊用紅油加火腿、腰花、花椒炒成麻辣口味，一邊是牛肚和豆酥的不辣口味。火腿和腰花爽脆鮮甜，麻而不辣，十分可口，牛肚咬感十足，搭配豆酥的疏鬆，口感新奇，滋味很棒，香氣四溢，整體而言又變化多端。」

王佑家上台一鞠躬，露出如釋重負的笑容。阿弘覺得，王佑家的作品雖然和自己的作品口味相差十萬八千里，但組合的方式倒有異曲同工之妙。

「緊接著，我們宣布勝部的第一名，獲得評審一致讚賞，得到滿分五十分……」

「咚……咚……咚……」主審故意停了一下，讓配樂的鼓聲炒熱緊張的氣氛，大家交頭接耳，紛紛猜測到底是誰。

「勝部的第一名，是『饕餮村江浙館』的許國華，他的作品是蒜香海鮮炒飯和蝦醬牛菘炒飯。蒜香海鮮炒飯的大蒜末炸得香酥，配上過油後的海扇、蝦仁、蟹肉和鮭魚卵，香濃無比，最後加上切絲的萵苣增加甜脆感，使人不覺油膩。」主審嚥下一口唾沫，繼續講評。

「而蝦醬牛菘炒飯呢，是把略炸熟的牛大腿肉，加進蒜苗和飯同炒，並且以獨特的蝦醬和醬油調味，發揮獨特的個性化風味，堪稱一絕，令人驚豔。」

許國華被請上台，高舉雙臂接受眾人歡呼，一旁有人拉拉炮，五彩紙條飛滿空中，彷彿迎接凱旋的英雄。

「恭喜這兩位進入決賽，爭奪台灣炒飯王的寶座。」

主審與許國華熱情的握手，隨後退到台後休息，但緊接著又被四位評審推回台前。他尷尬的說：「抱歉，抱歉，忘了宣布敗部的第一名，他同樣能進入決賽，和這兩名好手一較長短。」

阿弘本來也看得忘了，這時開始緊張起來。

主審重新打開成績單，點點頭說：「敗部的第一名是……」

「咚……咚……咚……」那令人心慌的鼓聲又響起了，阿弘的心跟著七上八下。

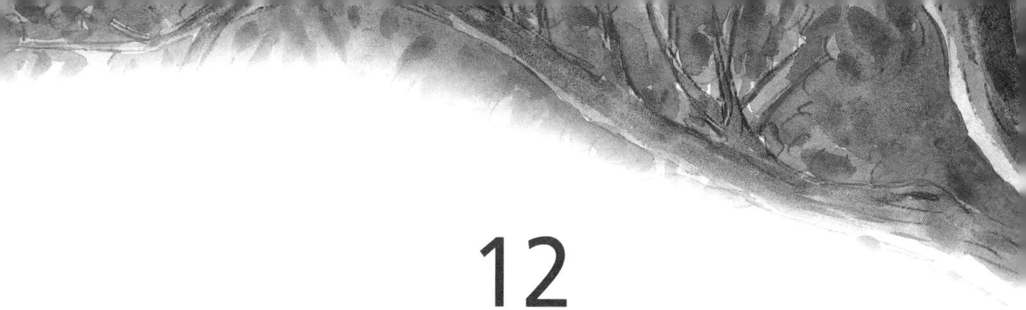

12 求之不得的「冠軍米」

「哇！得到四十九分，也是非常不簡單。敗部的第一名，是來自……，咦？他不是餐廳的廚師，是獨立參賽的，魏子弘。」

阿弘一聽，不敢置信，腿都軟了。他抖著雙腳，艱難的走上台。

主審又說：「他的作品是蝦仁花枝番茄醬炒飯，和嫩雞菠菜松子炒飯，將兩種炒飯組合成一組炒飯套餐，取名為『西子灣』。蝦仁花枝番茄醬炒飯炒得非常爽口，酸甜的滋味叫人胃口大開，難得的是番茄醬入鍋能不糊不黏，還略帶焦香。嫩雞菠菜松子炒飯則是鮮嫩鬆脆，菠菜切得極細緻，增添菜蔬的香味，雞胸肉裹上太白粉，彈性十足，松子又強化整體的脆感，口感十足豐富……」

「對不起，容我補充說明一下。」一位女評審突然跑到前面，搶過麥克風，把眾人都嚇了一跳。「他的炒飯套餐組合成紅綠兩色的太極圖案，一道海鮮，一道山產，也就是海陸大餐。又取名為『西子灣』，大家知道，西子灣最美的是『西子夕照』，那番茄醬的橙紅色像是落日紅霞，裡頭的蝦仁和花枝是漁歌唱晚，真是富含詩意。」

又有一個年輕的評審跳出來，接著說：「抱歉，我忍不住也要說一下。那道雞肉菠菜炒飯是綠色的，為了和番茄的紅色區隔，不加醬油，改在熱油中加鹽巴，白綠相間和柴山山景相近。兩者用模具組合成太極外型，放在有海天象徵的青瓷大淺盤上，山海交融，是這次比賽最浪漫的作品。」

主審搶回麥克風，不服輸的說：「好，好，好，好話都讓你們說光了。才不呢！我說這個作品最厲害的地方就在這『西子灣』的『灣』字，那太極中的兩儀，線條是彎曲的，交纏回繞，具有強烈的動感。這海灣的『灣』和彎曲的『彎』同音，意象又相符，具有畫龍點睛的效果。整體來說，就是一件藝術品。」

終於講評完畢，沒人再搶麥克風了，現場出現難得的靜默，但隨之報以熱烈的掌聲。拉炮用光了，主持人趕緊叫人放起輕快的進行曲，讓高昂的氣氛更上一層。

阿弘不好意思的抓抓後腦杓，他沒想到自己的創意能獲得評審們如此熱烈的迴響。

這三名晉級者被邀進摩天輪，一人搭一個吊廂，登上雲霄，接受媒體拍照。

阿弘是最後一個進吊廂的，隨著高度往上攀升，視野中的人潮逐漸縮小，他腦中空白，覺得就像在作夢一般。而到達最高點時，眼下的高雄港遼闊雄偉，深藍澄靜如一面平湖，美麗的柴山和西子灣就在前方，他忽然生出一股高處不勝寒的孤寂感。

下來之後，周伯伯赫然出現在他面前。

周伯伯結結實實的拍著他的肩膀，說：「我早就料到你會贏，卻沒想到會贏得這麼漂亮，哈！哈！」

阿弘想跟周伯伯道謝，正要開口，周伯伯卻拉著他的手臂，往前方擠去，還興奮的說：「趕快，我帶你去見一個人，你非得認識他不可……」

東鑽西擠的，來到良質米展售會場。

周伯伯喘著氣說：「呼……要炒出最好吃的炒飯，別忘了用最好的米。我剛才到這邊來問過了，早在幾個月前，冠軍米一公布，馬上讓人用高價買光了，一斤賣一千塊耶。不過，你看著好了，我會幫你買到的。」

原來周伯伯是帶他來買好米的，看起來，周伯伯似乎比他更想贏得總冠軍呢！

現場買小包裝米的人很多，周伯伯不上前挑選，而是走向一位白髮消瘦的老先生。那老先生斜背著一條紅色布帶，坐在貨架邊，逢人就是憨厚靦腆的點頭微笑，阿弘仔細看去，布條上印著「年度冠軍米得主」幾個黃字。

軍米
冠軍米得
冠軍米

台灣

「啊！阿彬伯，好久不見了。」周伯伯伸出手，極度熱情的上前招呼。

「嘿！你好，你好。」老先生有些受寵若驚，又有點疑惑，歪著頭，努力回想什麼似的。「啊……你是……你……」

「我是周建民啦！你叫我阿民就好了。」周伯伯用力的跟老先生握手。

「你說好久不見，可是，我們相識嗎？我老囉，怎麼都想不起來。」

「哈！哈！你是鼎鼎大名的冠軍米得主，我只是一個無名小卒，你當然不認識我。我在電視上看過你好幾次，你實在真厲害，讓咱們西部米打敗東部池上米，得到冠軍。實在真厲害，真厲害。」

周伯伯挺出大拇指，說得眉飛色舞，逗得老先生摸著稀疏的頭髮，呵呵笑。老先生看看阿弘，禮貌性的問說：「今天帶孩子來這裡玩嗎？」

周伯伯趕緊把阿弘推到老先生面前，說：「這不是我的兒子，是我的徒弟，今天來參加炒飯比賽的，剛剛晉級到前三強，再來就要跟人家搶總冠軍了。」

阿弘鞠躬說：「你好。」

周伯伯覺得還不夠，說：「什麼你好？要叫阿彬伯公啦！」

阿弘連忙再鞠躬一次，改口說：「阿彬伯公好。」

「真乖。」阿彬伯公站起來摸摸阿弘的頭，親切的說。

周伯伯一步上前，說：「我帶這個徒弟來參加比賽，就是為了推廣咱們台灣的好米。咱們台灣人就應該吃台灣米，你看現代人愛吃什麼漢堡啦、麵包啦、甜甜圈啦……啊，什麼蛋塔啦、銅鑼燒啦，都是麵粉做的，都不愛吃飯了，這樣下去怎麼可以。」

周伯伯義憤填膺，阿彬伯公很有同感，頻頻點頭。「是啊！吃米才是最好的，又營養，又好吃。」

「老祖先傳下來的好東西，我們要好好的推廣，不能讓它失掉了。像阿彬伯你啊！就是我們的好模樣，種出品質第一等的米，我看你家祖宗十八代，都會從神主牌裡面跳出來，給你拍拍手。」

「沒有啦！呵！呵！呵……」阿彬伯公笑得往後仰。「少年仔，你真會說笑話。呵！呵……」

阿弘對周伯伯真是刮目相看，想不到他不但不孤僻，不嚴肅，還很會跟人交際呢！

阿彬伯公叫人到後邊拿來兩把椅子，請他們師徒倆坐下。「來，來，陪我聊天一下。喔！主辦單位邀請我當良質米的代言人，我在這裡坐了一整天，給人當作廣告看板欣賞，沒人跟我講話，都快要無聊死了。」

周伯伯說：「唉呀！這些都市人，不是我要講他們，吃米不知道米價，每天穿得趴哩趴哩，逛百貨公司，吹冷氣，哪裡知道我們做田人的辛苦。想起我小時候，幫我阿爸做田，風吹日晒……」

「哦！你不是總鋪師嗎？也種過田啊？」阿彬伯公頗為驚喜。

「當然！我也是鄉下孩子出身，播田、除草、噴藥、巡田水、收割、晒穀子……，我每一樣都做透透。做田的辛苦，我最清楚了，所以我說你真厲害，就是真的很厲害，不是唬爛的。」

阿彬伯公彷彿遇見知己了，又喚人去倒兩杯開水過來，請他們師徒喝。

周伯伯暗自給阿弘一個得意的眼色，又轉回頭說：「阿彬伯，說起來我們是同鄉捏！你住後壁，我的祖厝就在鹽水，跟你隔壁莊而已。我現在在台南市新花園夜市擺攤子，賣當歸土虱，有空來給我請客喔！」

「那怎麼好意思？」

「不要客氣，咱們是自己人啊！」

「好，好，好。呵！呵！」阿彬伯公笑開懷，又問：「對了，你家的田地還有在種作嗎？」

「啊！說起來真歹勢，好好的一甲地祖田，被我阿爸賣掉，就為了籌錢給我開店。」

「唉呀！真可惜。不過，賣掉也好，做田人很難生活，大家還不是到工廠上班，不然就到工地做散工賺錢，若是只靠做田，穩餓死。」

「哪有？像你今年種出冠軍米，不是就賺翻了？」

「唉呀！那是我運氣好，選到好品種，風調雨順，還有改良場的人給我指導，要不然怎麼會種出這麼好的品質。擱再說，若是沒有得獎，人家來收購，也不會有好價錢。」

「我說一件事給你笑一笑。」周伯伯表情反而變得嚴肅了。「我讀高職那一年暑假，同窗的招我去餐廳洗碗打工，我沒去，留在家裡幫我阿爸做田，日頭赤炎炎，快要熱死了。好不容易收割了，糧商來收購，九割六，九千六百台斤，大豐收啊！結果一共賣一萬九千三百元。」

「差不多是這個價錢。」阿彬伯公點點頭。

「你聽我說。我拿計算機，問我阿爸所有的開銷，結果算一算，耕耘機整地費、播田工資、秧苗、農藥費、肥料錢、機械收割、晒穀工錢……，全部一萬九千元。」周伯伯口氣顯得無奈又生氣。「我問我阿爸，我噴藥那麼多次，每天除草、巡田水，工錢都沒算進去，我阿爸笑我呆，說自己的田，跟誰去算工錢。我還記得我阿爸拿錢叫我去買香菸和飲料，請收割的工人和糧商，花的錢都不只三百塊。」

「那不是沒賺錢，還倒貼嗎？」阿弘忍不住插嘴：「那你同學賺多少錢？」

周伯伯苦笑說：「他賺的可多了，將近三萬塊，早知道我就跟他去打工，做田可不比洗碗輕鬆啊！」

阿彬伯公說：「是啊！白痴做白工，哪一個做田人不是這樣呢？哈！哈！哈！」

阿弘覺得這個笑話一點都不好笑，可是阿彬伯公笑得很誇張。阿弘看見他的眼眶溼溼的，竟然還笑出淚來呢！

周伯伯又說：「現代人不愛吃米，沒辦法啊！所以就要像你這樣，重視高品質，不能像以前那樣，只求高產量。」

「是啊！是啊！」

阿彬伯公點點頭，三人陷入一陣沉默中。在熙來攘往，喧鬧無比的會場中，這樣的靜默顯得多麼沉重。

周伯伯長長的嘆一口氣，又說：「所以啊！我們師徒兩個，就是要學你阿彬伯的精神，做出好吃的米食料理，讓大家知道米飯是這麼好吃，重新回到天天吃飯的日子。」

阿彬伯公說：「我沒那麼偉大啦！反倒是你們兩個，真感心啊！」

「唉！只是可惜，你的冠軍米早就被人搶光了，要不然，買你的冠軍米來做炒飯，絕對可以加很多分。」周伯伯搖頭嘆氣，顯得懊悔不及。

「要買我的米喔？還有啊！」

「啊！」周伯伯驚叫。「賣一些給我們，拜託，拜託，多少錢都沒關係。」

「那有什麼問題？我留了五十斤在家裡要自己吃，本來是不賣的，很多人要來跟我買，我就是不賣他們。」阿彬伯公看看周伯伯。「不過，今天遇到你這個懂得做田辛苦的人，又為了推廣米食在努力，我當然要成全你。」

「啊！真是感謝，感謝。」

周伯伯握著阿彬伯公的手，一再道謝，並且給阿弘使個眼色。

阿弘連忙站起來九十度大鞠躬，說：「謝謝阿彬伯公。」

「哈！哈！哈！」三人都笑了。

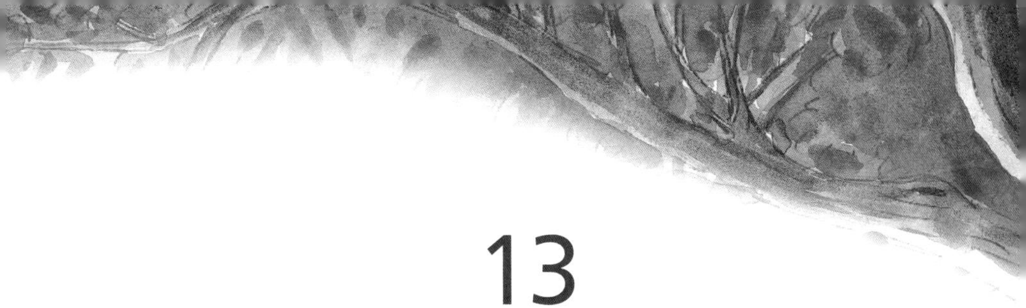

13 充滿人情味的做田人

隔天是週日，阿弘依約前往台南後壁，跟阿彬伯公買冠軍米。

火車經過嘉南平原，稻浪在微風中滾動，綠意盎然，彷彿一片精心編織的大地毯，在藍天白雲的襯托下，顯得油翠亮麗，光明無限。

然而，阿弘想起昨天周伯伯與阿彬伯公的對話，不禁心生憐惜。每天吃的白米飯，看起來沒什麼，背後竟隱藏了農民的辛酸。

現在他參加比賽的決心更堅定了，因為如果設計出好吃又實用的炒飯食譜，讓大家捨棄西方的麵食，找回吃飯的老習慣，確實對辛苦的農夫有很大的貢獻啊！

昨天離開會場時，阿弘問周伯伯：「你幹嘛騙阿彬伯公，說你以前也種田呢？」

周伯伯義正辭嚴的說：「什麼騙？我本來就是農家子弟啊！我說的全是真實的。」

「可是，明明冠軍米已經被搶購一空了，你又怎麼篤定可以買得到呢？」

「哈！你說這話一聽就是外行，每個種稻的農夫，都會留一些自家種的米來吃，我家以前就是這樣的。難不成自己種稻子，還要去大賣場買小包裝米，拿錢給別人賺嗎？像你們家在辦桌，將來你結婚時，還要叫別人來幫你們辦桌嗎？」

「對喔！有道理。」阿弘恍然大悟。「可是，你怎麼那麼有信心，人家阿彬伯公會賣給我們呢？」

「唉！那就是人情世故了。你小子自己慢慢體會吧！」周伯伯不告訴他答案，反而說：「晉級決賽的其他兩個人都不是簡單的人物，雖然年紀輕，但是在大餐館裡至少也工作了五、六年，高級珍貴的材料運用自如，身邊又有許多大廚指導，這方面的經驗你是比較吃虧的。尤其那個『饕餮村』的師父，光看他炒飯時的氣質，就知道他的作品很高雅，是很強的對手。」

「對啊！看他炒飯，好輕鬆的樣子。」

「不過你爸爸在辦桌，家裡面的材料也不少，如果你細心的為吃的人著想，設計出讓人吃了很感動的作品，還是很有希望的。聽說決賽時是四飯一湯，不限金額？」

「對，四道不同的炒飯，外加一份湯品。只有初賽時，材料限制在一千元以下，其他就沒限制了。」

「嗯，那樣的話就自由多了。但是我提醒你一句話，任何比賽你都要想想舉辦的目的，材料要用得得體，不一定越貴越好，你好好加油。」

「嗯！謝謝周伯伯。」阿弘誠心的說。

周伯伯不但來為他加油，還給他許多忠告，阿弘真的很開心。

火車到站停靠，阿弘步出車站，阿彬伯公從一旁的雜貨店冒出來。阿弘有點意外，他並沒有和他約在火車站見面啊！

阿彬伯公摸摸他的頭，笑瞇瞇的說：「喔！來囉，來囉，會不會口渴，我買汽水給你喝。」

「不會啦！」阿弘客氣的說。「阿彬伯公，我有你的電話和地址，我自己就可以找到你家了，不用來載我啊！」

「啊！三八，大熱天，怎麼可以讓你跑來跑去，中暑怎麼辦？」

坐上阿彬伯公的摩托車，不一會兒就來到他家了。

一個滿面笑容的歐巴桑從瓦房中迎出來，說：「來了啊！趕快進來，外面很熱。」

阿弘禮貌的鞠躬說：「阿婆你好，我叫做阿弘。」

「呵！呵！真乖，趕快進來坐。」

進了屋子，阿婆連忙從冰箱捧出一鍋綠豆湯。「來，來，先喝一碗綠豆湯，止渴一下。」

阿弘吃下一碗。看看客廳擺設，十分儉樸，藤椅竹凳，電視和收音機，都有一把年紀了。牆上的照片也都泛黃，古董級的時鐘擺著老邁的滴答聲。

「聽說你要比賽炒飯，怎麼這麼厲害。我們家的米今年不知道交了什麼好運，剛比完一個賽，現在又要去比賽。呵！呵！」阿婆開心極了，轉頭看看阿彬伯公，突然張大眼睛。「喂！老猴，你憨憨站在那邊幹什麼？不會去開電扇，拿一條溼毛巾給阿弘擦擦汗嗎？你看他滿身大汗的。」

「啊！不用了啦！」阿弘真不好意思。

阿婆又轉回笑臉，對阿弘說：「唉呀！你不要客氣。對了！你讀幾年級？幾歲了？」

阿彬伯公笑瞇瞇的開了電扇，往裡頭走去。

「我現在讀國中二年級，十四歲。」

「唉呀！這麼剛好啊！」阿婆拍一下大腿，眉毛高興的往上揚。

「我們家孫女金雀仔在台中讀國小六年級，今年十三歲，差你一歲，人長得很可愛又很會畫圖，跟你很相配呢！你生得這麼英俊，這麼將才，如果能當我的孫女婿，不知道有多好啊！」

阿弘是來買米的，怎麼聽起來，變成是來相親啊！真是尷尬。

阿彬伯公拿來溼毛巾，笑說：「你這個老三八！你要把客人嚇死啊！」

「唉喲！有什麼關係嘛！多比較，多參考，姻緣天注定，四處都有機會，阿弘啊，你說對不對？」

阿弘傻笑，縮著脖子，不知該說什麼才好。

阿彬伯公不耐煩似的，說：「你這個老番顛！不要在這裡三八了，三斤米我稱好了，放在廚房的桌上，去拿來。」

「哼！你才是老番顛咧！」阿婆起身往後面走去。

「呵！呵！說實在，我那個孫女真的很可愛，又很得人疼，她爸爸還給她學鋼琴，很有氣質喔……」阿彬伯公不知不覺也說著這話題，說了一半，覺得不妥。「呵！呵！阿弘，待會兒留下來吃午飯，不要急著回去。」

「不好意思啊！」阿弘搔著後腦杓。

阿婆抱著米走來，說：「一定要吃完飯才能走，我剛剛殺了一隻雞要給你吃呢！」

阿彬伯公打開米袋，抓出一把米，說：「你看，這就是高品質的米。」

阿弘真是開了眼界了，這米還沒煮，就飄散出清雅的茉莉香，而且顆顆圓潤飽滿，大小齊一，沒有缺損。

阿彬伯公說：「好的米就像這樣，每一粒都是完整的，看起來透明有光，中間沒有白白的心，聞起來有一陣清香味。呵！呵！這是改良場的米博士教我種的。」

阿弘好奇的說：「阿彬伯公，我可以去看看你的田嗎？」

「當然好啊！」阿彬伯公顯得很開心。「我今天還沒去田裡巡一巡，剛好。」

阿婆說：「日頭這麼大，小心中暑，我去拿斗笠給你戴著。」

於是再度坐上阿彬伯公的摩托車，不到三分鐘，人就出了莊子，來到綠油油的稻田中。

水稻一叢叢直挺挺的立在水田中，細長嫩綠的葉子不及膝蓋高，但是在微風中翻飛，映著天光水色，真是美麗極了。

「種出冠軍米，有什麼祕訣嗎？」阿弘問。

「什麼祕訣？」阿彬伯公笑說。「記者都問我問了幾百遍，我都說，沒什麼祕訣啦！就是像照顧孩子一樣，給他一個好的環境長大。」

「嗯！」

「不過，我現在的作法跟以前不一樣，現在種有機米。」

「有機米？是一種新品種嗎？」

「不是啦！有機就是說不要噴農藥和殺草劑，也不要用化學肥料，那些東西不但對人的身體不好，對土地也很不好。我聽改良場博士的話，改用我們老祖先天然的方法來種，撒有機肥料，用人工除草、除蟲。」

「那不是很辛苦嗎？」

「當然辛苦囉！但是種出來的穗子飽滿，米的品質很好，煮起來的飯又香，又Q，那些艱苦就很有價值了。」

阿彬伯公說著，脫下鞋子，走進水田中拔起雜草。

「我來幫你的忙。」阿弘也脫下鞋子，踩進溼軟的田地。

「不用啦！你在田埂上看就好了。」

「沒關係，看起來很好玩啊！」

「這樣啊！那我教你，像這種都要拔起來，然後再壓進土裡，給稻子當肥料。記得要壓深一點，不然又會長出來。」

「好。」

說是好玩，可是一腳踩下去，到全部拔完起來，卻花了整整兩個小時。阿弘彎腰彎了那麼久，起身時，腰痠背痛，還有點頭暈呢！看來，種水稻真不是一件簡單的工作。

阿弘揮著滿頭大汗，忍不住問：「阿彬伯公，做田這麼辛苦，又不一定會賺錢，你年紀也那麼大了，為什麼還要種呢？」

「唉！少年仔，這你就不知道了，我們做田人對土地有感情，不忍心讓它荒廢、發雜草啊！」

阿弘默默低頭，心中無限感佩。

忙了一個上午，肚子好餓，回到阿彬伯公家，阿婆已經準備好一桌豐盛的午餐，阿弘看了口水直流。

那碗冠軍米煮成的白飯香噴噴的，米粒晶瑩剔透，閃著珍珠般的光澤，入口香滑Q嫩，讓他忘情的一口接一口。

阿婆頻頻幫他夾菜，阿彬伯公也幫他夾菜，阿弘不知不覺連吃了三大碗飯。兩夫妻在餐桌上還是你嫌我，我虧你，鬥來鬥去的，卻又相互幫對方夾菜，阿弘覺得他們真是好玩。

吃飽飯，阿弘掏出爸爸給的三千塊，準備買米回家了。阿婆看到錢，從椅子上跳起來，瞪著他說：「這是做什麼？」

阿弘說：「買米的錢啊！」

阿婆垮下臉說：「誰說這米是要賣的？這些米是留下來自己吃的，本來就是不賣錢的，你要，就拿去用啊！」

「這……」阿弘不知所措，看看阿彬伯公。

「對啦！」阿彬伯公笑笑說。「本來就是要送你的，我們兩個老的也吃不完。」

了。

「這不行啦！這麼珍貴的米，怎麼可以免費送我呢？」阿弘急

「我昨天本來就是要送你的，沒跟你講，是怕別人聽到，跑來跟我要，我是不隨便送人的。」

阿婆說：「對！自家人不賣就是不賣，買了就不是自己人了。」

阿彬伯公又說：「阿弘，你就拿去吧！要不然你阿婆要生氣囉！」

阿婆抬高下巴，手扠腰，擺出臭臉：「對，再囉唆，我就要翻臉了。」

阿弘無奈，只好抱著米，頻頻鞠躬道謝。

臨走前，阿婆揮著手，笑嘻嘻的叮嚀：「加油啊！好好的比賽。有空再來玩啊！我們家金雀仔寒假會回來過年，到時記得來玩……」

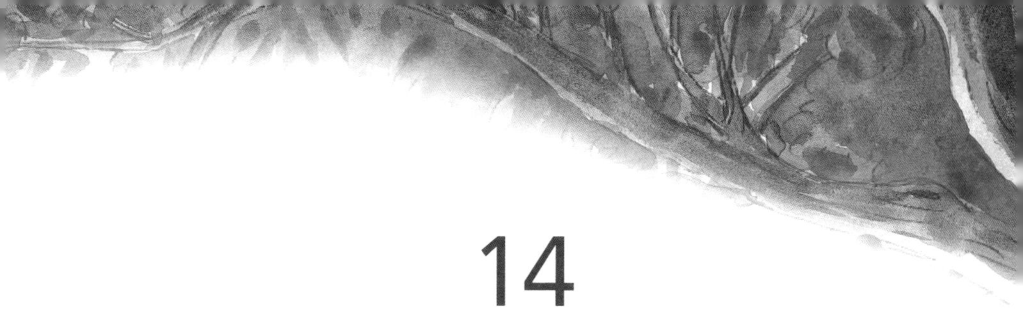

14 加強「健康」的炒飯

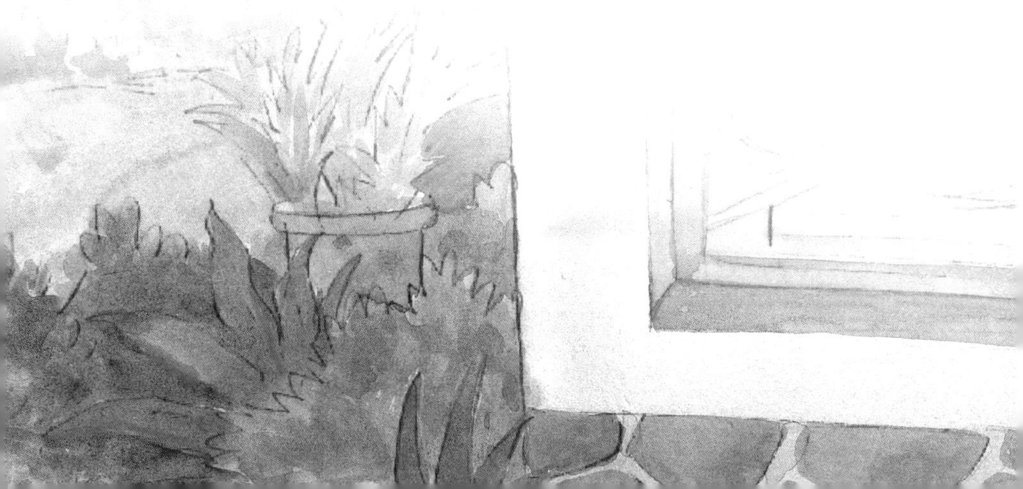

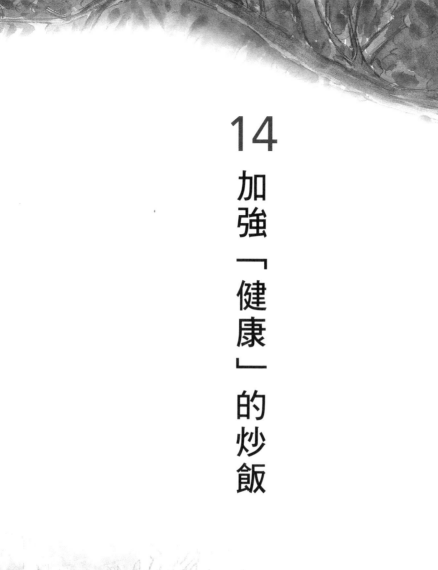

阿弘回家後還給爸爸三千元，然後就試煮冠軍米，並且炒成一盤簡單的火腿蛋炒飯。爸媽吃了之後讚不絕口，都說沒吃過這麼Q、這麼香的米飯。爸爸還提醒他，這種米本身有清雅高貴的茉莉花香，所以必須更注意食材的搭配，不要讓強烈的味道搶了它的風采，反而是要用適當的配料來凸顯它的特色。

阿弘記在心裡，認真的思考著。

週一上學時，阿弘成了學校的風雲人物。當然，並非大胃王藏不住祕密透露阿弘比賽的事，而是同學看到了報紙的新聞，得知阿弘晉級前三強的消息。

姜曉萱說：「對嘛！我們可以組一個啦啦隊，去幫你加油啊！」

葛模理老師豎起大拇指，笑著說：「哇！魏子弘，你真是了不起。」

就連他們班上一向嚴肅的班導楊老師，也在國文課時大力稱讚阿弘，還說要給他加分，阿弘頓時成為眾人羡慕的焦點。

王大衛四處去跟人家說：「我的功勞也不小喔！阿弘炒的飯，都是我吃掉的，我還負責品評，提供意見，厲害吧！」

比起阿弘，大家更羡慕他有口福。不過他得到的第二個回應，千篇一律，無一倖免，都是：「哦！難怪你變胖了。」

「哈！哈！哈！」王大衛總是摸著大肚皮，得意的笑著。

阿弘無時無刻不在苦思，該怎麼設計這四道炒飯，外加一道湯品的食譜。只要一回家，他就拿出冰箱裡的材料調配試驗，組合各種可能，並且炒成炒飯給王大衛吃。那包冠軍米極為珍貴，不能拿來實驗，他沒跟王大衛講，要不然讓他吃上了癮，比賽時就真的變成「難為無米之炊」了。

然而就在這時候，發生了一件不幸的事。

禮拜四的下午，體育課考八百公尺跑步，王大衛竟然半路休克，口吐白沫，被六個男生，包括阿弘，抬進健康中心。這陣子來，他身體橫向發展，大家有目共睹，卻都沒想到對他的體力影響那麼嚴重。

不幸中的大幸，經過體育老師的急救處理，加上護士阿姨的悉心照料，王大衛清醒了。護士阿姨說：「王大衛很有可能是體重過重，心臟在劇烈運動時負荷不了才會休克，嚴重的話，那可是會喪命的。」言下之意，王大衛是剛從鬼門關前繞了一圈才回來的。

阿弘聽了，極為震驚。

王大衛平躺休息，阿弘始終陪伴一旁，因為他覺得自己是害王大衛的凶手，心裡很愧疚。不是嗎？王大衛吃了那麼多的炒飯，不都是我——魏子弘炒的嗎？如果當初不要找他當白老鼠兼清道夫，就不會發生這種事了。

王大衛原本是九十五公斤，居然在短短的一個月內，足足暴肥十公斤，真是太可怕了。阿弘自責不已，因而回家之後不像以前興致高昂的練習炒飯，而是悶在房裡發呆。

爸媽感到奇怪，問了之後才知道原因。

爸爸說：「飯的成分是澱粉，配料的肉類和海鮮類也都有熱量，加上用的油不少，熱量更高，他一天吃那麼多盤，是一定會胖的啊！」

「這樣的話，就不要叫他來吃了。」媽媽說：「看他那樣暴飲暴食，我就覺得不好。本來想說不過就是一個多月就會結束，沒想到，就這一個月，他的身體已經受不了。」

晚餐之後，太師父來家裡聊天。看見阿弘，笑得極為開心：「恭喜，恭喜！」

阿弘說：「太師父，你怎麼知道？」

「我都知道了，我都知道了，呵！呵！我的徒子徒孫遍布全台，台灣料理界大大小小的事，沒能瞞過我的，何況是這大新聞。」太師父拍拍阿弘的肩膀。「恭喜你啊！從後面迎頭趕上，真是不簡單。」

阿弘說：「這都要感謝我的師父，周伯伯。」

太師父說：「這個火箭快炒手小周真是太可惜了，想當年，柴山土雞城餐廳，就他們家的生意最好了，現在居然淪落到這種地步。唉！真是太可惜了。或許我該幫幫他，我們那間『東方美人餐廳』正在招募廚師，如果他能戒掉賭博的壞習慣，我就找他去上班。」

「是啊！小周的廚藝那麼好，光是賣當歸土虱實在是埋沒人才啊！」爸爸說。

大夥兒坐在客廳閒聊，爸爸推出茶車，泡起烏龍茶請客。

「師父，這是今年頂級的春茶，滋味很不錯，試試看。」媽媽說。

太師父把茶湯靠在鼻子前面，聞了聞，嘗了一口，說：「嗯，香氣濃郁，入口清爽，喉韻不錯。吃飽飯，來杯熱茶，去油解膩，清腸胃，真是不錯。呵！呵！」

「師父，現在那家新餐廳準備得怎麼樣？」媽媽問。

「大部分都已經弄好了，還差兩個二廚的缺，預計兩個禮拜之後開幕。」太師父說。「不過啊！現在傷腦筋的是開幕典禮的活動。董事會開會討論很久，就是還沒決定要辦什麼特別的活動來宣傳。」

阿弘想起大胃王的事，一杯熱茶放在面前，遲遲沒有動手去拿。太師父看見了，問說：「阿弘，怎麼啦？怎麼好像心事重重的樣子。」

阿弘苦笑一下，把王大衛的事說了。

太師父說：「這是免不了的，為了讓炒飯吃起來滑順，米粒顆顆分明，廚師難免要用多一點的油來炒飯，吃多了，本來就容易胖的。」

媽媽說：「師父啊！你就沒看過那個大胃王吃飯的樣子，狼吞虎嚥，好像餓死鬼來投胎。我第一次看到時，差一點嚇死。」

「呵！呵！」太師父又喝一杯茶。「以前我們說美食的藝術原則是：色、香、味、意、形、養。現在大家平日吃得太好，營養過剩，開始重視養生，反而把『養』放在最前面呢！」

「哦！」聽到這話，阿弘興致來了。「我只聽過色香味俱全，其他那三個是什麼意思？」

太師父清清喉嚨，說：「意是含意，指的是菜名的象徵含意。形是菜的外型，包括顏色、大小、形狀、擺放的相對位置和盤飾的經營。至於養，就是養生，簡單說就是健康。現在大家吃菜，除了要好看好吃，更重視健康啊！尤其是油，大家都怕吃太多，積在身體裡面，老來要出毛病的。」

「喔！原來如此。」阿弘認真的點點頭。「可是炒飯不夠油，飯粒炒不開，就不好吃啊！那該怎麼辦？」

「怎麼辦？每個廚師都面臨一樣的問題，這就得靠你好好的去想囉！」太師父說。

「嗯！」阿弘發揮挑戰難題的潛力，聽到這兒，精神一振，鬥志又來了。

他終於拿起杯子，喝下一口熱茶。一陣芬芳瞬間在舌中化開，彷彿沙漠中降下甘霖，他有了一絲新的體驗。

太師父又說：「這一回你的『西子灣』贏得滿堂喝采，那是贏在『意』與『形』上面，但這『形』的功夫，決賽時恐怕發生不了作用。」

「怎麼說？」阿弘問。

「我看過決賽規則，四飯一湯。我當過很多次評審，依我看來，四大盤的炒飯並不好擺盤，不可能同時呈現，為了讓程序流暢，通常工作人員會用小碗分裝，分別送到評審面前。那既然是小碗分裝，大家都一樣，就談不到組合與盤飾了。」

「嗯！有道理。」阿弘說。

「你真的要好好加油，其他兩個晉級的人都不是省油的燈。」太師父又說。「『樂陶陶』的王佑家，師父是來自四川的重慶大廚，最厲害的就是香料和麻辣的運用，能大大刺激食客的味蕾，增進食慾。而『饕餮村』的許國華，他的師父姓曾，是台北料理界響噹噹的人物，和我一樣當過『通灶』。曾師父琴棋書畫樣樣精通，因此料理的表現便顯得高貴優雅，富於文人氣質，品味很高。」

「哇！」阿弘驚呼。

「還有啊！」太師父又提醒：「我聽說王佑家被帶到重慶密集訓練，很可能會帶回什麼祕密武器。至於許國華，哪裡也沒去，待在台北，每天一樣到餐廳工作，只不過曾師父要求他，每天要焚香打坐，誦念《心經》，安定心緒，不要讓短暫的勝利沖昏頭。你說好不好玩？」

媽媽張大嘴，說：「哇！來頭不小，都是名門正派的耶！」

阿弘苦起臉，縮起身子，埋怨說：「人家每天都有老師傅在旁邊指導，我就沒有。我的爸媽是總鋪師，還有一個國寶級的太師父，可是有什麼用呢？你們每天都在忙，沒人管我死活，有等於沒有。」

他說完，還刻意把三個人都瞪了一眼。

「呵！呵！呵！」太師父笑說。「阿弘，你好可愛喔！」

爸爸說：「什麼可愛？根本就是沒大沒小。」

太師父說：「你不要羨慕人家，有門有派雖然好，但是也受到限制啦！他們為了幫自家餐廳宣傳，推出的都是自家的料理。可是啊，料理的世界那麼寬，那麼廣，你無門無派，反而可以自由自在的去創新啊！這反而是你的優勢呢！」

「哦！」

阿弘挺身笑了，太師父一席話彷彿當頭棒喝，重新激勵他的信心。

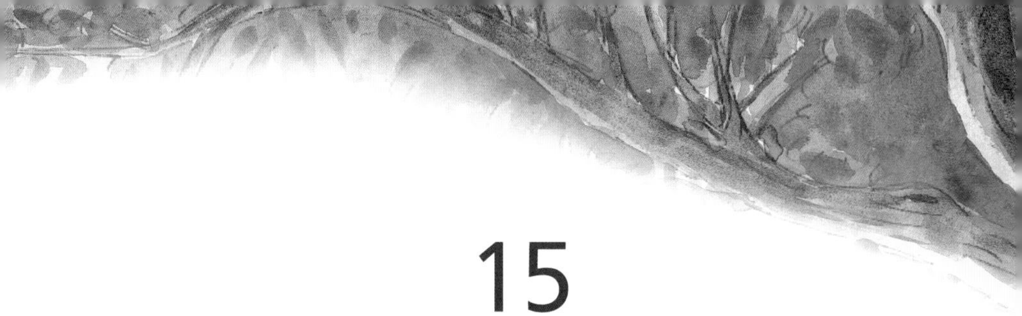

15 台灣炒飯王的「愛之旅」

為了加強炒飯的健康性，阿弘上網查資料，了解各種食材的營養成分，以及搭配炒飯的可能。決賽的地點是愛河邊，阿弘也模擬比賽的情境，設計符合周邊環境的主題。

愛河貫穿高雄市，很早之前就是市民休閒的好地點，但之前曾有一段很長的時間遭到都市廢水汙染，成為一條又黑又髒的臭水溝，經過的人沒有不摀著鼻子，快快閃人的。

還好經過幾年的整治，河水清了，味道不見了，魚蝦也回來了。兩旁還規劃成藝文大道，有博物館、美術館，有音樂廳、咖啡座，雅致浪漫，河上還有「愛之船」，供人搭乘遊覽兩岸風光。當初嫌棄它的人們都回來了，還吸引更多慕名而來的新遊客，愛河，再次成為人們悠遊徜徉的好地方。

星期六的下午，一陣大雨過後，天氣變得涼爽舒適，市民紛紛走出戶外，來到愛河邊散步遊玩。這兒有街頭藝人表演，也有藝文攤位販售，更重要的是，今天在愛河邊有全國良質米展售會，以及萬眾矚目的「台灣炒飯王」比賽的總決賽。

這天一早爸媽就出門，說是去東港採辦「庖頭料」，叫阿弘好好加油。太師父也說他還要去台北開會，決議新餐廳的開幕活動。所以阿弘還是一個人騎上腳踏車，背上裝備，孤軍奮戰去了。

依照時間規定來到報到處報到，其他兩位決賽者也到齊了。你看我，我看你，個個殺氣騰騰，互不相讓。

阿弘看看四周，台後有個大大的帳棚，不知是做什麼用的。他到良質米展售區找阿彬伯公，卻不見人影，倒是同學們真的組了啦啦隊，來為阿弘加油。而周伯伯就像個負責任的教練，總是準時出現在他身邊。

「魏子弘加油！魏子弘加油——」

大家都為阿弘加油，阿弘精神奕奕，增添幾許信心。

「比賽開始——」主持人高分貝喊出，即刻吸引民眾上前圍觀。

「王佑家加油——」

「許國華最棒！許國華最強！許國華，棒棒棒——」

不只阿弘有啦啦隊，每個參賽者都有「粉絲」，為偶像打氣。

主辦單位播放緊張刺激的音樂當背景，讓現場氣氛激昂高亢。三個大爐點上火，頓時烈焰沖天，觀眾驚聲尖叫。

呼聲最高的許國華得到最多的掌聲，但突然三道火光中，有一個激揚到三尺多高，並瞬間噴射出獨特迷人的香辣味，瀰漫全場。那是樂陶陶的王佑家，果然如太師父所說，使出祕密武器。即使有人因此噴嚏連連，大家還是好奇的全擠過去一探究竟。

阿弘眼前頓時空無一人，心都冷了半截。

台前熱鬧滾滾的同時，台後有八位評審被請入了帳棚。他們將在清靜的環境中品評美食，不受干擾。

阿弘穩穩心緒，專注製作他的炒飯套餐。這些材料是他請爸爸向全省各處的供應商訂來的，不管如何，一定要盡全力做到最好。至於得不得到冠軍，那就先拋在一邊吧！

規定的時間是三十分鐘，三位參賽者求好心切，力求繁複精緻，因此幾乎都是在最後一秒才完成。

「時間到，請停止動作。」主持人舉起右手。「現在請到這邊來抽籤。為求公平起見，我們用顏色來區分參賽者，因此評審完全不知道哪一個作品是誰做的。」

阿弘抽到黃色，馬上有工作人員拿起八個黃色的托盤，將阿弘的炒飯分裝到小碗，一字排開，放在盤上。阿弘上前檢查，確定四飯一湯按照次序擺放，這才放心。

王佑家抽到紅色，許國華是紫色。主持人還給每人一張表格，填上四道炒飯和湯品的名稱，以及整組套餐的餐名。這些東西，統統都送進帳棚裡面。

緊接著，參賽者退場休息，台前換成歌舞表演，好讓評審有充足時間品評。阿弘無心欣賞，整顆心懸在半空中。

終於等到給分時間，評審從帳棚出場，阿弘赫然發現，阿彬伯公竟然也在其中。

「這次的比賽，主辦單位十分謹慎，力求公平公正，因此請到八位評審。首先是資深名廚，張大椎、姚義可和甄豪赤……」

聽起來像是「張大嘴，咬一口，真好吃。」阿弘忍不住噗哧一聲笑出來，緊張的心情稍微紓解。

「還有美食專欄作家賈天下，料理節目製作人艾姿葵，農改場的稻米博士吳咪樂，年度冠軍米得主阿彬伯和全方位食療營養師韋達命先生。每人可給十分，因此參賽者最高可得八十分。」主持人繼續說。「首先請講評紅色餐，餐名為『天香麻辣餐』，分別是泡菜豬肉炒飯、宮保雞丁炒飯、花椒火腿炒飯、椒王鴨舌炒飯和麻辣鴨血湯。」

評審們推派美食專欄作家賈天下來講評，他清清喉嚨，說：「綜合諸位評審的意見，這份『天香麻辣餐』就跟它的名字一樣，非常的香，這香味的高級，真可說是『此香唯有天上有』。辣椒、豆蔻、花椒、陳皮、胡椒……等等，廚師在香料的調配上下了很大的工夫。第二個特色是辣，先是泡菜的小辣，接著宮保的中辣，再轉為花椒的麻，到最後辣王辣椒和鴨血湯集大成的又麻又辣，給人十足的刺激感。辣王辣椒是世界最辣的辣椒，有四萬度，雖然只用一點點，取其濃香，但效力十分驚人。只可惜，辣味並非全民的愛好，尤其兒童怕怕，而評審對這份餐的接受度也不一致，有的人碰都不敢碰。」

原來王佑家的祕密武器就是辣王辣椒，難怪辣香四溢。計分版上寫出了七十七分，王佑家獲得滿堂喝采。

「好，『樂陶陶川菜館』的王佑家獲得七十七分。接著，請講評紫色餐，名稱為『琴棋書畫酒』。」主持人又宣布。「這份套餐分別是芹菜培根銀杏炒飯、薺菜蝦鬆炒飯、酥香伍仁蛋炒飯、花芽鮑魚猴頭菇XO醬炒飯，加上酒醋魚翅羹。」

全方位食療營養師韋達命先生接過麥克風，說：「這份餐用每一道菜的第一個字，『芹薺酥花酒』組合成『琴棋書畫酒』的名稱，一聽就給人很浪漫優雅的感覺。每道菜都十分精緻，並且排列的次序由清淡漸漸進入濃郁，由於搭配了許多芹菜、荸薺和金針花芽，肉類的應用不會浮濫。還有葵花仁、芝麻仁、鹹蛋仁、杏仁、南瓜仁等，五仁的設計，富含維他命和礦物質，營養均衡，符合中華料理所追尋『和』的最高精神。這一份套餐，非得有極高段的藝術涵養和文化修為，否則是做不出來的。」

料理節目製作人艾姿葵接著說：「廚師炒飯技巧很高，每道飯都不油不膩，鬆脆爽口，到最後，酒醋魚翅羹的滑潤，取代乾爽疏鬆的口感，就像在嘴裡畫了圓滿的句號。吃著這道餐，都覺得自己氣質優雅起來，變成風流才子了呢！」

許國華的分數出來了，引起全場驚呼，竟是滿分，八十分。

阿弘洩了氣，唉唉的搖頭。這分明就已經分出勝負了，許國華最高分，就算阿弘的分數再高，也高不過八十分啊！

看看台下，同學們都喪氣的垂下頭。

「哇嗚！滿分！滿分！真是不簡單。」主持人高聲歡呼，又說：「不過，我們還是要看看最後一位，黃色的分數。黃色的餐名為『愛之旅』，有吻仔魚山藥枸杞炒飯、蟹腿櫻花蝦百合炒飯、中卷黑輪烏龍茶炒飯、烏魚子鯖魚蔥白炒飯和黃金虱目魚紅茶湯。」

換成農改場的稻米博士吳咪樂小姐講評。她對大家點點頭，說：「這份套餐的特色很多，首先是每一道都是鮮味極高的海鮮，海鮮本身的油脂少，高蛋白，營養豐富，大家都愛吃。其次是藥材入菜，茶也入菜，不但滋補，而且有調和海鮮類蛋白質的作用，也有去油解膩，清理腸胃的功能，讓人感受到廚師的關愛與體貼。第三是第一道飯從清淡的口味開始，慢慢加重風味，因此味道不會互相干擾，每一盤都讓人印象深刻。第四，他配合用餐者的環境，也就是愛河，取了『愛之旅』的名稱，既浪漫又實際，讓吃的人具體感受氣氛。一道道吃著，彷彿真的歷經一段乘風破浪的愛的旅程，真是貼心啊！」

大廚師姚義可說：「黃色所用的材料都是台灣各地的特產：東港櫻花蝦、高雄旗魚黑輪、名間山藥、興達港烏魚子、蘇澳鯖魚、台南虱目魚、宜蘭三星蔥，鹿谷凍頂烏龍茶還有魚池的阿薩姆紅茶，展現了寶島的物產風情。還有一點非常重要，經過冠軍米得主阿彬伯和米博士鑑定，這是所有參賽者中，米飯最好吃的一組套餐，飯粒香Q飽滿，散發清雅的茉莉花香，米香沒有因為過度的調味而喪失，反而在海鮮甜的襯托下，表現得更為凸顯。」

甄豪赤接著說：「第四道烏魚子鯖魚蔥白炒飯非常有特色。切成丁的烏魚子帶著高深莫測的香甘味，配上鹽漬後炸香的鯖魚碎肉和鮮甜的蔥白，滋味濃烈飽實，將整份套餐帶進最高潮。」

資深名廚張大椎搶過麥克風，補充說：「我覺得最有創意的就是最後的黃金虱目魚紅茶湯。黃金虱目魚是近年來國人研發的新品種，全身都是美麗的金黃色，肉質極為細緻甜美。而阿薩姆紅茶甘醇不澀，在碗中會泛出金色光圈，跟魚本身的顏色搭配得天衣無縫。還有虱目魚因為嘗起來有奶味，英文叫做牛奶魚，跟紅茶煮在一起，竟然出現奶茶香醇的效果，真是天下奇菜，太有新意了。」

韋達命先生也說：「這道湯品在最高潮之後譜下完美的休止符，清除了炒飯中的油膩感，還提供滿滿的驚喜。疲累的味蕾瞬間甦醒，精神也為之一振，又使人感到餘味猶存，戀戀不捨，的確是絕妙之作。」

分數出來了，居然也是八十分，阿弘驚喜不已，台下議論紛紛。

主持人說：「哇！也是滿分，太棒了！太棒了！可不知有兩個滿分，冠軍該給誰好呢？」

這下子，該怎麼分高低呢？現場的氣氛又緊張起來了。

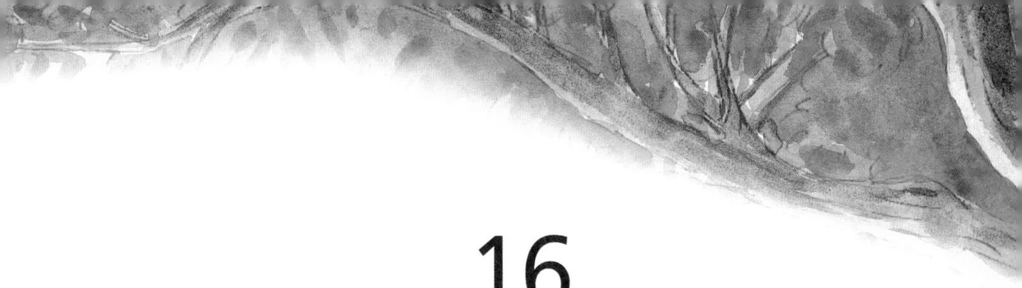

16 剛學會炒飯的小子

評審重新開會討論，最後做出決定。

賈天下先生說：「經過激烈的討論，大家一致認為，紫色餐的廚藝已經達到超凡入聖的極高藝術境界，而黃色餐的食材大眾化，又能體現寶島風情，最符合米食推廣的精神。兩者各有千秋，不分軒輊，因此讓兩位並列冠軍，平分獎金。」

主持人慷慨激昂的說：「我宣布，本次『台灣炒飯王』的冠軍，是許國華先生和魏子弘先生。啊！不，是魏子弘小朋友。」

「許國華萬歲！萬歲！」「哇！阿弘！阿弘！阿弘——」歡呼聲響徹雲霄，阿弘清楚聽到同學們歇斯底里的叫喚。

阿弘愣住了，他摀著嘴巴，不敢相信自己的耳朵。他和許國華都被人簇擁上台領獎，又被人請上「愛之船」，在愛河中航行，接受兩岸民眾的歡呼。他全身軟綿綿、輕飄飄的。

遊完愛河，周伯伯帶阿弘到六合夜市慶功。

那是一家海鮮熱炒店，簡單裝潢卻高朋滿座，老闆和伙計忙得不可開交。周伯伯請客，讓阿弘點菜。阿弘難得上餐館，挑了好幾道奇巧的菜色。

等待上菜的當兒，阿弘拿出十萬元支票給周伯伯看，並且說：「這張支票我會交給惠貞姐，由她保管。」

「不必了。」周伯伯卻望著他，微笑搖頭。「我不拿了，這是你的。」

「啊？怎麼會這樣？我們不是講好了嗎？」

一張支票就懸在兩人中間。

「雖然不是二十萬，」阿弘困惑的又問：「難道你嫌太少嗎？」

「胡扯！把我看成什麼人？」周伯伯板起臉孔：「拿回去，不要囉唆！」

阿弘吞吞口水，乖乖的收回支票，不敢多問。

菜上來了，兩人默默的吃飯。周伯伯喝了一瓶啤酒，臉一紅，話匣子才打開。

周伯伯微笑著，溫和感性的說：「說實在的，看到你這麼打拚，不是為了自己，而是幫助別人，讓我很感動，也讓我想起二十幾年前的我。」

「二十幾年前？在家種稻子的事嗎？」阿弘不懂。

「不是啦！是我年少時學料理當學徒的事。那時的學徒得要跟著師父三年四個月，從打雜開始做起。我的師父很嚴格，要求很高，所以被打被罵都是家常便飯。那時的我跟你一樣，滿腔熱誠。我很認真的學習，盼望學好功夫，存錢開店，將來娶妻生子，給他們過幸福的日子。那段日子很辛苦，可是再怎麼苦我都無所謂。」

「嗯！」人家說酒後吐真言，大概就是這種情形吧！阿弘連忙幫周伯伯倒酒。

「那一天，把你趕走之後，其實我的心裡很痛苦。你說得沒錯，我是不該玩六合彩，害老婆跑掉，女兒下海跳脫衣舞，我是一個大男人，竟然害自己心愛的人受罪，我……我……很恨自己啊！」周伯伯說著，竟然眼眶一紅，捶自己的頭，哭了。「你放心……我不會再讓惠貞去跳舞，我那邊還有一點錢，欠的錢我會想辦法還，而且我再也不會去賭錢了……」

「真的？那太好了！」阿弘好高興。「可是你教我炒飯，我該怎麼回報你呢？啊！周伯伯，太師父說，如果你戒掉菸酒，重新振作，他要找你去台北的餐廳當廚師呢！『東方美人餐廳』，就在七零七大樓上面，全世界最高的建築喔！」

「呵！呵！我當老闆自由慣了，不想去讓人管。」周伯伯恢復笑容。「阿弘，因為你的關係，這幾天我想了很久，我想把當歸土虱收起來，回到我的老本行，賣海鮮熱炒，這件事我還沒跟惠貞講呢！如果你想回報我，很簡單，寒假時來我家住幾天，幫我炒飯炒菜就好了。」

「好哇！」阿弘高興得幾乎跳起來。「那我又可以跟惠貞姐在一起了。」

吃完飯，阿弘回到愛河邊騎腳踏車。回到家，急忙秀出獎牌和支票給爸爸媽看。

爸爸拍他的肩膀說：「兒子，我真為你驕傲。」

「對啊！我們的阿弘是最棒的。」媽媽笑開懷。

爸媽歡喜得不得了，阿弘趕快跟他們說周伯伯的新計畫。

爸爸嘆口氣說：「唉！這麼說來，小周到底還是個有情有義的人啊！」

媽媽拿過支票，提高音調說：「這十萬存起來，將來給阿弘娶老婆時當聘金。哈！哈！」

阿弘癟癟嘴，怎麼婆婆媽媽想的都是這些事？

媽媽提醒他說：「阿弘，趕快打個電話給惠貞，謝謝她的鼓勵啊！」

「對喔！」阿弘趕快撥了電話過去。

「惠貞姐，哇嗚！我得到冠軍了！耶！耶！」阿弘興奮亂跳。

「謝謝你！謝謝你！」

惠貞姐也非常開心，頻頻向阿弘恭喜。阿弘又說周伯伯的新計畫，惠貞姐十分驚喜，說：「真的嗎？那真是太好了，如果我爸這次真的把賭博戒了，重新出發，或許我媽會回心轉意，回台南團圓喔！」

「對啊！對啊！我真希望寒假趕快來，到時候就可以跟你和周伯伯一起打拚，那種感覺一定很棒。對了，惠貞姐，我寒假時還要去後壁，感謝阿彬伯公送我冠軍米，你陪我去好不好，我一個人不太敢去耶！」

「好啊！那有什麼問題。咦！奇怪，我爸跟我說過，你一個人去買冠軍米，你不是去過他家嗎？怎麼不敢再去呢？」

「啊……沒有啦……」阿弘尷尬的說不出話。

阿弘成了學校裡的明星，第一天回到學校，每個人都誇他，都捧他，他反而不好意思，直說自己是運氣好。最令他感到欣慰的，是大胃王王大衛下定決心要減肥了，阿弘答應幫他設計一套減肥餐，並且陪他打球、游泳、健走，王大衛開心極了。

幾天後，太師父打電話來，說在他的大力推薦之下，董事會已經決定邀請新科「台灣炒飯王」來展現廚藝，做為「東方美人餐廳」開幕的宣傳活動。因為一個十五歲的孩子，打敗大人奪得冠軍，多麼有賣點啊！

台灣炒飯

阿弘驚喜萬分，得了爸媽的同意之後，收拾行李，跟太師父搭上高鐵，到台北去玩。

那七零七大樓果真雄偉壯觀，比高雄天帝大廈還高了八十公尺。而「東方美人餐廳」裝潢極為高雅，厚地毯、雕花窗、紅燈籠、太師椅……，純中國古典風格，但空間設計上卻又不失現代感。

彩排時，阿弘穿著潔白的廚師服，站在全世界最高建築的頂點，鳥瞰台北市，心中忽然生出一股異樣而熟悉的感覺。那是和搭上夢時代摩天輪時一樣的，歡鬧之後，面對自己的孤寂感；也是脫離繁華世間，登上雲霄，看見山川風物，大地遼闊，了解自己的渺小，所生出的淡淡哀愁。

開幕典禮安排在禮拜六下午，阿弘表演了「愛之旅」套餐。表演完畢，贏得眾人喝采，來賓和記者爭相搶看拍照，鎂光燈閃個不停。

有一個電視台女記者，拉阿弘來到攝影機前，做一段專訪。

記者問：「我們現在訪問『台灣炒飯王』魏子弘小朋友。請問你得到比賽冠軍，有沒有要感謝誰？」

阿弘第一次上鏡頭，有點緊張，但還是按捺住，慢慢的說：「嗯！有，我要感謝很多人。我要感謝我爸媽，我的好朋友惠貞姐，我的師父火箭快炒手小周，送我冠軍米的阿彬伯公，還有支持我、鼓勵我的老師和同學。不過我最感謝我爸爸，因為是他自作主張，幫我報名比賽的，那時我還很生氣呢！」

「哈！哈！」記者小姐又說。「你年紀那麼小，就當上『台灣炒飯王』，有什麼感想？」

阿弘摸摸後腦杓，說：「沒有啦！其實我並不覺得自己是什麼炒飯王，我只是個剛學會炒飯的小子罷了！」

夜幕緩緩降落，華燈初上，大地一片燈海爛漫，美不勝收。

阿弘隨太師父參加開幕酒會，邊欣賞美景，邊享受美食。他心

裡盤算著：「難得上來台北，一定要好好的吃喝玩樂。待會兒叫太師父帶我去逛士林夜市，明天早上吃永和豆漿，中午吃鼎泰豐湯包……。」

而此刻，美麗的西子灣邊，柴山家裡，爸媽也吃著晚餐，看電視轉播。

看到兒子上了電視，爸媽都好歡喜。

媽媽說：「添仔，如果讓阿弘知道複賽和決賽時，我們兩個都故意不去給他加油，他會不會生氣啊？」

爸爸說：「不會啦！我們沒去，不讓他產生依賴的心理，也讓他沒有壓力的自己去闖，他要是知道這道理，一定不會生氣的。」

「唉！」媽媽感動的說：「你看，阿弘講話多得體，我們的兒子真的長大了。他說最感謝的人是你呢！」

爸爸沒回話，卻脹紅臉，熱淚盈眶。

「你怎麼了？」媽媽眼睛也紅了。

「沒有啦！」

爸爸快慰一笑，鼻一吸，眼一眨，淚珠忽然溢出來，滴入碗中。那有如珍珠般圓潤飽滿的白米飯，瞬間閃耀出一道晶瑩而溫暖的光芒。

鄭　宗　弦　作　品　集　0　3

台灣炒飯王
少年總鋪師 2

國家圖書館出版品預行編目（CIP）資料

台灣炒飯王：少年總鋪師 . 2 / 鄭宗弦著 ; 吳嘉鴻圖 . – 增訂新版 . --
臺北市：九歌 , 2018.07
面；　公分 . -- (鄭宗弦作品集 ; 3)
ISBN 978-986-450-201-1 (平裝)
859.6　　　　107008976

著　　者——鄭宗弦
繪　　者——吳嘉鴻
責任編輯——鍾欣純
創 辦 人——蔡文甫
發 行 人——蔡澤玉
出　　版——九歌出版社有限公司
台北市 105 八德路 3 段 12 巷 57 弄 40 號
電話／02-25776564・傳真／02-25789205
郵政劃撥／0112295-1

九歌文學網　www.chiuko.com.tw

印　　刷——晨捷印製印刷股份有限公司
法律顧問——龍躍天律師 ・ 蕭雄淋律師 ・ 董安丹律師
初　　版——2008 年 4 月 10 日
增訂新版——2018 年 7 月
新版 3 印——2022 年 1 月
定　　價——260 元
書　　號——0175003
I S B N——978-986-450-201-1